Oscar bestsellers

Dello stesso autore

nella collezione Junior +11
Il drago in discarica

nella collezione I Grandi
La chiave dell'alchimista
Al primo sangue

Cristina Brambilla, nata nel 1964 a Sesto San Giovanni (Milano), è stata copywriter per la pubblicità per dieci anni, ha scritto sei romanzi per ragazzi, prodotti editoriali per Internet e progetti televisivi. Vive e lavora a Milano.

CRISTINA BRAMBILLA

LA CHIAVE DELL'ALCHIMISTA

Illustrazioni interne di Michele Boscagli

OSCAR MONDADORI

Prima edizione I Grandi aprile 2007
Prima edizione Oscar bestsellers gennaio 2009

ISBN 978-88-04-58501-5

Questo volume è stato stampato
presso Mondadori Printing S.p.A.
Stabilimento N.S.M. - Cles (TN)
Stampato in Italia. Printed in Italy

La chiave dell'alchimista

Al Barracuda,
che trasforma il piombo in oro,
e agli inventori del segno magico.

Parte Prima

Traslochi sull'acqua

Gli uomini caricarono l'ultimo scatolone sul camion. La ragazzina staccò il naso dalla finestra per osservare in silenzio suo padre, alto e magro, che batteva le mani soddisfatto. A parte la boccia di vetro di Gustavo non era stato rotto niente d'importante. Gustavo avrebbe dovuto farsi tutto il viaggio in treno dentro un sacchetto, ma *pazienza*, aveva detto papà. Qualsiasi cosa era meglio dell'alternativa, un viaggio di sola andata per la vasca dei giardini pubblici. Proprio adesso che si avvicinava l'inverno, oltretutto. La ragazzina lasciò il padre a firmare l'assegno per i traslocatori e andò a farsi un ultimo giro in quella che per tredici anni era stata la sua casa. Le sembrò enorme, orribile, con le ombre dei quadri sulle pareti, le ragnatele che ballonzolavano dal soffitto ed enormi gnocchi di polvere in agguato dietro tutte le porte. Le sembrò il posto più brutto del mondo, e già le mancava.

Pensò che persino Gustavo, prigioniero nel suo

sacchetto di plastica, aveva un'aria infelice. Poi raccolse da terra la valigia di pelle che conteneva tutte le sue cose e pensò che era terribilmente ingiusto che suo padre avesse venduto la *loro* casa per traslocare nella "città più bella del mondo", e lo odiò con tutte le sue forze.

Arrivarono che pioveva. La ragazzina era stata in gita scolastica a Venezia quando aveva otto anni e anche allora pioveva. Poi c'era tornata con la mamma due anni dopo e pioveva. Anche quel giorno la laguna era dello stesso colore del cielo e la pioggia scrosciava senza sosta rendendo tutto uniformemente acquoso. Gli edifici oltre il canale sembravano in procinto di sciogliersi come fogli di carta. Forse non esiste un buon momento per traslocare. In primavera tira vento, in estate fa caldo, in autunno piove e d'inverno il cappotto è nell'ultimo scatolone sotto alla catasta dei mobili. Però traslocare a Venezia in autunno è come sfidare Zorro a duello con una mano legata dietro la schiena. Perché suo padre l'aveva fatto? Perché è cattivo, si rispose la ragazzina. E fu tutto quello che riuscì a esprimere sull'argomento.

— Lucilla! Cosa ci fai lì impalata con quello stupido pesce in mano? Non abbiamo tutto il giorno. Prendi la tua valigia e sbrigati.

Lucilla pensò con invidia alla dea Kalì. Lei aveva otto braccia e nessun problema a portare il sacchetto di Gustavo, la valigia e l'ombrello. Anzi, gliene sarebbero restate altre cinque per fare dei gestacci a papà. Per fortuna una signora la ospitò sotto il suo ombrello, così Lucilla poté raggiungere la fermata del vaporetto inzuppandosi solo a metà. Se si fosse fermata un secondo a riflettere, avrebbe tenuto il pesce sotto la pioggia e la valigia sotto l'ombrello, ma era troppo arrabbiata per pensare. Una frotta di turisti la catapultò a bordo del vaporetto, mentre il padre, tutto vestito di nero e sorprendentemente asciutto, si sedeva lontano dagli spruzzi e apriva la cartina della città.

In quel mentre una chiatta li superò facendo fischiare la sirena. Il padre alzò gli occhi, poi cercò la figlia con lo sguardo e sorrise.

— Guarda Lucilla, sta passando casa nostra — disse.

In mezzo alle masserizie buttate sulla chiatta e coperte alla bell'e meglio con un telo di plastica, passavano i loro mobili. A Venezia persino i traslochi si fanno in barca, il che potrebbe anche essere divertente. Dipende dall'umore e da quanto saldamente la mobilia è stata fissata all'imbarcazione. Nessuno trova divertente recuperare il proprio armadio dal fondo di un canale. All'improvviso, un colpo di vento sollevò un lembo del telo mostrando la cornice del ritratto della mamma. Giulio Moneta diventò scuro in faccia e voltò la testa dall'altra parte.

Evviva! Alleluia! Si tornava a casa! Non ne potevo più di quella cavolo di cantina piena di alambicchi. Avevo passato giorni interi con le ali incollate alla schiena per paura di farne volare uno a terra. Sempre con quell'accidenti di alchimista pronto a darmi una lavata di corna alla prima distrazione.

Avevo ricevuto la notizia una sera di settembre, tiepida e ventilata. Non che il clima cambi qualcosa, dal mio punto di vista, però gli umani sono di umore migliore quando il tempo è bello. Le coppiette vanno in giro tenendosi per mano, le gonne svolazzano e le biciclette sfrecciano sotto la facciata del Duomo provocando incidenti spassosissimi. La cosa noiosa è che io me ne stavo rinchiuso nella fetida cantina cercando di non pestare i pentacoli disegnati per terra e le cacche di topo, invece di godermi quella deliziosa notte autunnale. Mentre ripulivo i recipienti con lo scovolino, distratto da uno squittio sospetto, mi sfuggì dagli artigli un distillatore di essenze. *CRACK*! Chiusi gli occhi aspettando la scenata del mio socio, avaro come solo gli alchimisti possono essere. Invece, con mia grande sorpresa, lui alzò gli occhi dal trattato di anatomia demoniaca che stava facendo finta di studiare e mi rivolse uno sguardo distratto.

— Una cosa in meno da imballare. Sei uno scansafatiche.

— Scusi? — sibilai, fingendo disinteresse. La frase sibillina poteva forse significare che stavamo abbandonando quella ininterrotta serie di fallimenti. Il disgraziato voleva lasciare la partita?

— Hai capito bene. Ce ne andiamo da qui, Milano non ha più niente da offrirmi. Ho già organizzato tutto: la settimana prossima saremo a Venezia. Ho deciso di cambiare strategia, ma perché te ne parlo? Tanto per te un posto vale l'altro...

Poteva capitarmi un socio più stupido? Certo che no. Se fossi stato un tipo fortunato non mi sarei ritrovato in quella situazione. Ma finalmente era finita! Quasi. Il mago era deciso a trasferirsi a Venezia e a risolvere la faccenda come avevano fatto molti altri prima di lui: rubando. Io l'avevo capito da un pezzo: non sarebbe mai stato in grado di ottenere una briciola di pietra filosofale, nemmeno se fosse stato sui libri fino a consumarsi gli occhi. Figuriamoci produrre un talismano degno di questo nome. Finalmente aveva deciso di impossessarsi delle fatiche di qualcun altro. O, per meglio dire, Qualcun Altro, visto che si trattava di re Salomone, il più grande fra i grandi. Non sarebbe stato facile, questo lo sapevo benissimo, ma cercare a Venezia è certo più piacevole che starsene a mangiare piccioni in cima al Duomo di notte e a mescolare pozioni esplosive di giorno. Oh, che piacere! L'essenza mi formicolava tutta al pensiero di tornare a casa.

Lungi da me dargli una soddisfazione, però.

— Certo un cambiamento positivo — fu il mio unico commento, mentre mi chinavo a raccogliere i cocci con la scopetta di saggina.

— Mmm... — mugugnò il mago scrutandomi

con occhi indagatori. — Hai sette giorni per sistemare tutto l'armamentario nei bauli che arriveranno domani. Non ti chiedo di trasportarli da solo perché, conoscendoti, ci metteresti un secolo.

— Ha convocato un jinn? È molto rischioso. Quelli hanno le mani di palta.

— Traslocatori. Una compagnia diversa da quella che trasporterà i mobili di casa. Gente che non fa domande. Non voglio correre il rischio che qualche tuo collega faccia sparire un libro o un amuleto.

La sola idea che quel rimbambito, incapace di distinguere l'elisir di lunga vita dal Vicks Vaporub, mi accomunasse a un jinn mi fece fremere tutte le molecole. Ma tenni la bocca chiusa (il che, per noi gargolle, è un esercizio difficilissimo). C'era voluta una disgrazia per convincere lo zuccone ad alzare i tacchi, immagino perché vedere la moglie attaccata a tutti quei tubi non contribuisse a tirargli su il morale. Be', tanto peggio per lui, se l'era cercata. Mi chiedevo come avrebbe reagito la ragazzina, ma la curiosità durò poco. Avevo un sacco di cose da fare e senza dubbio per tutte quante mi sarei ritrovato il mago fra i piedi.

«Attento a quello, è antico! Quello va sopra, è fragile! I libri lontani dai fiammiferi! Gli stoppini accanto agli alambicchi!»

Sette giorni di strazio. Ma siccome anche le notti più lunghe sono fatte di dodici ore, e il socio un po' doveva dormire, alla fine arrivò il momento di andarsene.

Avevo organizzato la mia piccola festicciola di addio in un punto in ombra, fra le guglie del Duomo. Non mi restava molto tempo: se non mi decidevo a prendere il volo mi sarei ritrovato sopra la Milano-Venezia in pieno giorno. E non avevo nessuna voglia di spiaccicarmi contro un tir. Però non avrei dovuto bere tutto quello spumante a stomaco vuoto. Mi girava la testa e la statua del tizio a cavallo con lo spadino che di solito se ne stava ferma e buona in mezzo alla piazza, sembrava fluttuare nella nebbia.

— Chiudete il becco, tanto non mi convincete. Restateci voi a fare la guardia a queste quattro guglie — biascicai alle altre gargolle. — Io parto per la Serenissima! L'Illustrissima, l'Umidissima!

Nell'eccitazione della partenza diedi una gomitata un po' troppo cameratesca al mio vicino. Si sentì un rumore secco, poi un fischio e un tonfo lontano.

— Ops! Scusa, amico, mi dispiace per il tuo becco — balbettai. Sotto di me, un netturbino scomodava in milanese tutti i santi del paradiso. Ok, era ora di mettersi in viaggio. Mi arrampicai sulla guglia più vicina e spalancai le ali. Allungai le mani, pronto a ghermire l'aria con gli artigli. Flettei le ginocchia, sentendo la tensione correre lungo le cosce fino alla groppa. Gli speroni sui calcagni graffiarono il marmo lasciando la mia firma sul tetto del Duomo di Milano, quella cattedrale della quale, ormai, conoscevo ogni rientranza, ogni ombra. Un secondo dopo ero in volo. Per un attimo mi sentii felice. Ero possente e audace. Genuinamente feroce e fiero. Poi voltai la testa e mi vidi, riflesso nelle finestre di fronte. Quelle corna penose, le orecchie sproporzionate, la bocca eternamente spalancata sotto il muso rincagnato. E poi la gobba, coronata da una fila di vertebre sporgenti. Vidi una gargolla, una mostruosa creatura di pietra. Genuinamente feroce, questo sì. Fiero, forse, ma senza ombra di dubbio mostruoso. Raddrizzai la coda per stabilizzare la traiettoria, maledissi il giorno e l'uomo che mi aveva ridotto così e feci rotta a est, verso la speranza.

— Eccoci arrivati. La casa è proprio nel cuore del ghetto vecchio.

"Che allegria" pensò Lucilla. Da quando erano partiti da Milano non aveva ancora aperto bocca e suo padre non sembrava averlo notato. Il quartiere era composto da palazzi alti e stretti che sembravano stare in piedi per scommessa. Sulle scale c'era un odore di pipì rancida che faceva lacrimare gli occhi.

Suo papà respirò a pieni polmoni e con uno sguardo febbricitante aggiunse: — Ma la senti? La senti? Qui c'è energia nell'aria!

Per quieto vivere Lucilla rispose: — Sì — rassegnandosi a seguire il padre lungo una scala angusta.

Salirono cinque rampe ed ebbero la sensazione che sui cinque pianerottoli gli spioncini si aprissero e chiudessero senza fare il minimo rumore. Papà trafficò nelle tasche ed estrasse una lunga chiave di ferro rosicchiato. Per la prima volta dopo mesi, Lucilla provò un fremito all'altezza del costato. La serratura cedette senza sforzi e la porta si spalancò su un appartamento dal soffitto alto, con i pavimenti coperti di piastrelle a mosaico e infissi spelacchiati. Un'odore di muffa e sudore misto a detersivo colpì Lucilla come uno schiaffo. Quella casa non aveva per niente odore di casa. Per forza, rifletté lei, senza nemmeno dover pensare alla sua mamma per ricordarla. Gli uomini del trasloco trasferivano il contenuto degli scatoloni dentro i mobili già montati, spostavano quelli ancora da montare e imprecavano in un dialetto oscuro, ma dal suono poco amichevole.

— Coraggio, Lucilla, molla quel pesce nel lavandino e andiamo a mangiare qualcosa. Starai morendo di fame — disse suo papà. Poi si voltò verso lo scaricatore con la pancia più vistosa e chiese dove potessero pranzare lì vicino. Non un posto per turisti, specificò, facendo l'occhiolino come chi si sentisse già parte di una città senza nemmeno aver disfatto i bagagli. Lucilla andò a cercare il bagno e, mentre l'acqua scorreva nel lavandino e Gustavo riusciva finalmente a muovere le pinne, sbirciò fuori dalla finestra. Al di là della lastra di pioggia vide solo tetti, comignoli, cornicioni arzigogolati e porzioni di statue. Così, finché non si stufò di guardare. Riusciva a concentrarsi solo sul ritratto di sua mamma, sulla fine che avrebbe fatto non appena papà ci avesse messo le mani sopra. Sarebbe sparito, questo era certo. Non nel modo in cui erano spariti i gioielli e i vestiti. Ma sarebbe sparito.

Mancavano poche ore alla vista della mia Amatissima e così mi fermai per una pausa in una stazione ferroviaria a metà strada circa. Avevo volato per chilometri sopra l'autostrada (se non c'è nebbia è molto più semplice che seguire le correnti energetiche) il che rappresentava sufficiente esercizio per un giovanotto della mia età.

Ero stufo di faticare. Aspettai fischiettando che comparisse un treno diretto a est e ci montai su. (Noi gargolle in effetti non siamo grandi fischiatori, per via della nostra conformazione morfologica; in teoria, dovremmo solo spaventare i demoni con il nostro aspetto tremendo e tenerli lontani dalle chiese. Ma qualche architetto deve aver pensato: "Ehi, già che ci siamo, perché non li usiamo anche per far defluire l'acqua piovana? Sarebbero delle grondaie davvero originali!" Ecco spiegato come mai stiamo sempre con la bocca aperta. Inutile dire quanto piacere ci facciano questi gargarismi. Specie se non piove da settimane e i piccioni hanno lasciato sul tetto i propri ricordini.)

Mi era sempre piaciuto stare appollaiato sui convogli in corsa, soprattutto di notte, quando te ne puoi stare accucciato sul tetto del treno e nessuno fa caso a una tonnellata di granito che viaggia a scrocco. Il problema di questi treni moderni è che filano a una velocità pazzesca, ululando come indemoniati a tutti i passaggi a livello. Il pisolino che avevo in programma andò rapidamente in fumo. Per restare a bordo dovevo conficcare gli artigli nella lamiera del vagone producendo uno stridio che faceva venire mal di denti. Così mi alzai di nuovo in volo alla prima stazione. Avevo voglia di sgranchirmi le ali e davvero non ne potevo più di prendere in faccia sacchetti della spazzatura e fogli di giornale.

Si rivelò una piccola imprudenza, in effetti. Era una minuscola stazione, immersa nel silenzio. La locomotiva doveva avere dei problemi, altrimenti non si sarebbe fermata in quel posto dimenticato da Dio. Erano il luogo e il momento per filarsela. Mi drizzai, stiracchiando braccia e gambe. Mi massaggiai le zampe. Accidenti! L'impresa di restare agganciato al treno mi aveva consumato gli artigli. Così presi a limarmeli contro un bullone. Concentrato sulla mia pedicure, non vidi arrivare il ferroviere. So solo che, all'improvviso, sentii una specie di sospiro, quasi un gemito. Per un attimo, i nostri sguardi s'incrociarono. Il mio impassibile; il suo sgomento, quasi non riuscisse a capacitarsi della scena cui stava assistendo: una statua con le ali di un gigantesco pipistrello, la gobba e una lunga coda era intenta a rifarsi le unghie sul tetto del suo treno! La sigaretta restò per una frazione di secondo a dondolare dal labbro inferiore, quindi il tizio rovesciò gli occhi all'indietro e cascò giù lungo-stinco. È colpa mia se sono fatto così? No, no e poi no. E comunque, magari da anni aveva il cuore malandato senza saperlo... e invece adesso lo sapeva. Il che era un bene. Avrebbe smesso di fumare e fatto ginnastica, così da evitare un secondo infarto. Ignorando i lamenti del pover'uomo mi librai in tutta la mia possanza e malevolenza. E mentre quello chiedeva aiuto, io approfittavo di una corrente ascensionale per rimettermi in volo.

Avrei dovuto godermi di più quella rara occasione per girare il mondo che il mio inadeguato socio mi concedeva. I maghi tendono a essere ossessionati dal proprio lavoro, consapevoli come sono del fatto di avere al massimo settant'anni per scoprire la pietra filosofale. Sempre che un'esplosione non se li porti via prima.

Stavo pensando a tutte le cose che avrei potuto fare una volta atterrato, quando notai quel delizioso campanile. Era un modesto convento, ma armonioso e in posizione tranquilla. Oltre a fabbriche e maglifici e orrori edilizi avevo visto ben poco sulla strada da Milano a Venezia. Gli umani hanno smesso da un pezzo di costruire cose interessanti per dedicarsi solo ad affari redditizi. Quando accompagnai il socio a Praga, lì sì che vidi cose grandiose! Castelli illuminati dalla luce rosa dell'alba, confortevoli campanili a cipolla, stormi di festose cornacchie alpine (coriacee, ma con un gusto affumicato niente male, credo dovuto all'abitudine di sostare sui comignoli).

A parte l'atterraggio d'emergenza per un principio di congelamento alle ali (peccato di vanità, volare ad alta quota in febbraio...) quello nella Repubblica Ceca fu un viaggio incantevole. E poi Praga conserva ancora una solida tradizione magica. Certe cose non scompaiono mai definitivamente. Si nascondono, tutt'al più, e i maghi sono bravi in questo. Certo, gli piaceva di più quando erano amati e venerati e temuti, ma non capita più dal tempo dei faraoni e se ne sono fatta una ragione.

Atterrai sul campanile. C'erano un sacco di nidi e ne approfittai per servirmi uno spuntino.

In quel momento una guardia notturna inchiodò la bicicletta sotto il muro del chiostro e prese a guardare in su, proprio verso di me, che me ne stavo comodamente seduto con un pennuto sotto i denti. Per un attimo temetti che mi avesse notato e cominciasse a sbraitare costringendomi a una fuga precipitosa, ma invece no, l'uomo guardava la luna. Avevo trovato un romantico e quello era un lato degli umani che mi piaceva. Solo che per non farmi pizzicare avrei dovuto restare in quella posizione per un bel pezzo: la guardia notturna era smontata dal sellino per estrarre dalla tasca un quaderno. Pessimo indizio. La Serenissima mi aspettava e invece io dovevo stare lì, con una coscia di piccione penzoloni dalle fauci, ad aspettare che il poeta trovasse l'ispirazione.

Così, mentre cercavo di sgranocchiare la mia merenda senza che il rumore delle ossa turbasse il giovane (nessuno con un sano senso del ridicolo dovrebbe scrivere versi sulla luna, a meno che non sia innamorato. Agli innamorati si perdonano un sacco di brutte figure) pensai con impazienza al momento in cui avrei sistemato le cose e tutti quanti (ferrovieri deboli di cuore compresi) avrebbero ricominciato a guardarmi con timore invece che con spavento. C'è una bella differenza. Era proprio arrivato il momento di farsi dare una sistematina al look.

Un maligno gioco dell'oca

Quando capita qualcosa di brutto subito dopo che è capitato qualcosa di orrendo nessuno riesce a tenere i nervi saldi. Forse per questo Lucilla, dopo che aveva trovato Gustavo boccheggiante nel lavandino in un dito d'acqua, era scoppiata a piangere così forte che dal palazzo di fronte si era affacciata una vecchietta dall'aria sbigottita. Gustavo aveva rischiato di morire per negligenza, per superficialità! Lucilla l'aveva parcheggiato nel lavandino e il tappo perdeva. Ancora un minuto e il pesce rosso sarebbe finito senza tanti complimenti nello scarico del water. Suo padre aveva cercato prima di consolarla, poi di farla ragionare, ma lei continuava a strillare. Dopo molti sorsi di acqua e zucchero finalmente si era addormentata sul divano. E lui ne aveva approfittato per andare in ufficio. Erano a Venezia già da un paio di giorni, trascorsi a imbiancare e trafficare, e l'indomani avrebbe iniziato il nuovo lavoro alla fabbrica chimica. C'erano molte cose da organizzare e moltissimi colleghi ai quali far capire che lui era un tipo tosto. Prima si faceva, meglio era. Sfilò dal portafogli una banconota e l'appoggiò sul tavolo. Poi scrisse un messaggio per Lucilla sul retro della ricevuta del ristorante. Infilò una giacca scura e richiuse silenziosamente la porta dietro di sé.

Al suo risveglio, Lucilla trovò la lettera in cui c'era scritto di usare i soldi per comprare una nuova boccia per il pesce e di tenersi il resto. Lucilla si asciugò gli occhi. Guardò dalla finestra e si accorse che aveva smesso di piovere. Le case avevano ritrovato un aspetto vagamente più solido, ma soprattutto colorato. Sembrava un buon momento per uscire da quel triste appartamento e affrontare la nuova situazione. Con i soldi guadagnati così facilmente si sarebbe comprata un biglietto di sola andata per Milano. Sarebbe andata a trovare la sua mamma.

Prima però bisognava risolvere il problema Gustavo che, sebbene traumatizzato, era ancora vivo. Lucilla recuperò una pentola, la riempì d'acqua e ci trasferì il pesce. Cercò un paio di scarpe che potessero resistere a un nubifragio, ma dopo aver setacciato tutti gli angoli della casa, capì che gli stivali di gomma erano stati persi nel trasloco. Indossò delle vecchie scarpe da tennis. Dopo un solo giorno nel ripostiglio puzzavano già di fungo. Respirò con il naso, mandando l'aria fino in fondo ai polmoni, come le aveva insegnato la mamma. Riuscì a calmarsi al settimo tentativo. Poi si annodò la sciarpa al collo e uscì tirandosi dietro la porta.

Scese le scale con tutta la calma del mondo. Suo padre faceva sempre gli straordinari. Sole e vento, neve e pioggia, non tornava a casa che per l'ora di cena. Pronto per uscire ancora con il tovagliolo sulle ginocchia. Poteva biasimare sua mamma per averlo lasciato? Se avesse potuto, l'avrebbe lasciato anche lei. Immersa nelle sue riflessioni, Lucilla non si accorse di essere già arrivata al piano terra. Si fermò sulla soglia, guardando prima a destra, poi a sinistra, indecisa sulla strada da prendere. Sapeva che tutti si perdono a Venezia, che la città sembra fatta apposta per mettere in difficoltà i visitatori. Non si accorse che la porta alle sue spalle si era aperta e un vecchietto si era affacciato guardandola con curiosità.

— Hai bisogno di qualcosa?

Lucilla fece un salto. Odiava essere sorpresa alle spalle.

— Ti ho spaventato? Non volevo. Mi chiamo Leone Wehwalt, abito qui da sessant'anni. Sono il vostro padrone di casa. Vuoi un bicchiere d'acqua?

— Non posso entrare a casa degli sconosciuti — rispose Lucilla, sperando che la notizia di tanto buonsenso arrivasse alle orecchie di papà.

— Non ti ho chiesto di entrare, te lo porto io. Aspetta qua — replicò il vecchio. Aveva lasciato la porta aperta. Lucilla vide un appartamento modesto, con pochi mobili che sembravano usciti da un'asta di beneficenza e orribili centrini a coprire i punti in cui le poltrone erano lise. Il tutto però di un lindore impeccabile. Vetri scintillanti e pavimenti così lucidi che per non scivolare avresti dovuto montare delle ventose alle pianelle.

— Ecco qua. Ci ho messo dell'orzata — stava dicendo il padrone di casa.

— Grazie. Io mi chiamo Lucilla Moneta. Abito al quinto piano.

— Oh sì, lo so. Ho visto te e tuo papà salire con quelli del trasloco. Immagino che il tuo arrivo sia un bene. Qui siamo tutti vecchi bacucchi, potrebbe far comodo una ragazza giovane e simpatica. Così, se cadiamo dalle scale, c'è qualcuno che può tirarci su.

Lucilla sapeva di non essere simpatica, ma il vecchio ci avrebbe messo un po' a scoprirlo. Nel frattempo, lei poteva bersi la sua orzata.

— Ti farei accomodare, ma so che non puoi. Magari un'altra volta, quando c'è anche mia sorella.

— Ah, ecco perché! — esclamò Lucilla.

— Perché cosa?

— La casa. È troppo pulita e ordinata per essere quella di un vecchio che vive solo.

Lucilla non aveva ancora finito la frase che sentì la terra franarle sotto i piedi. Era arrivata da poche ore e già si era resa odiosa. Il vecchietto che era stato così gentile adesso l'avrebbe additata sulle scale come esempio di maleducazione. Non aveva scampo. Si stampò sulla faccia un sorrisetto dispiaciuto e attese.

— Tutti dicono di apprezzare la sincerità, ma odiano le persone sincere. Nessuno ha voglia di ritrovarsele fra i piedi. Il che è come amare le farfalle e spruzzare DDT sui bruchi — disse lui.

Lucilla tirò un sospiro di sollievo, forse il danno non era irreversibile.

— Infatti, io non faccio eccezione — concluse invece il signor Wehwalt sbattendole la porta sul naso.

Perfetto, pensò Lucilla, appoggiando il bicchiere vuoto accanto allo zerbino: un amico in meno, e non aveva ancora finito di svuotare le valigie. E Gustavo aspettava nella pentola, il che di sicuro non lo faceva sentire tranquillo. Lucilla si assicurò di avere la cartina nella tasca dei pantaloni, controllò che i soldi fossero al proprio posto e si avventurò nel labirinto che si spalancava oltre il portone.

Dalla mia postazione vedevo tutta Venezia. Dal Cannaregio ai giardini dei francesi che vorrei radere al suolo. Laggiù c'erano San Servolo e San Michele, l'isola dei matti e quella dei morti. Sospirai di piacere: tornare a casa è l'esperienza che giustifica tutti i viaggi. Mi piacerebbe un sacco volare dai miei amici, giù all'Arsenale dove i veneziani hanno costruito le loro formidabili navi, e raccontargli tutte le cose che mi sono successe, le avventure, gli alchimisti bislacchi, le sensitive che ho conosciuto in questi anni... ma non lo farò! Il mio aspetto mi crea non pochi imbarazzi. Dovevo resistere solo pochi giorni, settimane al massimo, e poi avrei potuto tornare a testa alta all'Arsenale e riprendere il posto che mi spettava di diritto. Così voltai il muso, mi sforzai di sorridere e dissi all'alchimista: — Socio, questo posto è fantastico. La casa più simile a una torre di tutta Venezia.

L'uomo vestito di nero sorrise a denti stretti. Era il tipo di persona che si sente offesa quando gli rivolgi un complimento perché sospetta che fino al momento prima la pensassi diversamente. Ma questa volta aveva torto.

— Credevi che mi sarei accontentato di qualcosa di meno?

Dovetti girarmi dall'altra parte per non scoppiare a ridergli in faccia. Che imbecille! Era davvero convinto che il prestigio di un alchimista fosse direttamente proporzionale all'altezza della sua abitazione. Ignorava che la torre non è che un simbolo, ciò che identifica il luogo che contiene fisicamente le attrezzature dell'alchimista. Nemmeno dopo morto avrebbe capito che la torre alchemica suprema è il mondo.

Giulio Moneta si avvicinò per sussurrarmi all'orecchio: — Io so cose che tu nemmeno immagini. Sono vicinissimo al risultato. Te ne saresti accorto se avessi passato più tempo in laboratorio invece che appollaiato sui cornicioni a guardare l'Arsenale coi lucciconi agli occhi.

Mi venne la tentazione di rispondergli che se negli ultimi quattro anni non ci fossi stato io nel suo stramaledettissimo laboratorio, lui sarebbe già esploso come un petardo e sua figlia avrebbe avuto *due* genitori da piangere. Ammesso che fosse così stupida da rimpiangere un padre come lui che raccontava un monte di bugie. Diceva che faceva tardi in ufficio e invece si rintanava con me in mezzo agli alambicchi; taceva di essere stato licenziato da almeno dieci laboratori perché, invece di lavorare, faceva i suoi esperimenti. Ma non me la sentivo di rovinare tutto quel lavoro per colpa dell'orgoglio. Così tenni la bocca chiusa.

— Bene. E quando, di grazia, metterà le sue preziosissime mani sulla clavicola? Non vorrei ricordarle che solo l'anno scorso, a capodanno, mi ha detto la stessa cosa. Eravamo proprio a Venezia se non mi sbaglio, e lei stava spifferando a tutti quelli che incontrava che doveva trasferirsi qui per via di certe ricerche. Un'imprudenza, se posso...

Il mago agitò con noncuranza la mano, facendomi segno di allontanarmi dalla finestra aperta.

— Questa volta è diverso: so dove si nasconde. Tutto quello che dobbiamo fare è capire se esiste una forma di sorveglianza e, nel caso, scoprire come eluderla.

— Qui dovrei entrare in scena io, scommetto.

Giulio Moneta si alzò dalla sedia sulla quale aveva poggiato il suo secco sedere. Si affacciò e io lo seguii senza farmi notare. La soffitta che il mio socio aveva scelto come laboratorio alchemico permetteva allo sguardo di veleggiare sopra i tetti. Peccato solo che nel trasportare le casse i traslocatori avessero fatto cadere una scatola piena di materiale a dir poco sospetto. Il tutto sotto gli occhi dei vicini. Dovevamo spicciarci: presto tutta la Venezia alchemica ci sarebbe stata alle calcagna.

Stormi di appetitosi piccioni si levarono in volo dalle cupole di San Marco nella luce dorata del tramonto, mentre il mio socio sussurrava: — Sei qui per questo, no? Io ritrovo la clavicola, tu la prelevi dal suo nascondiglio. Io ti trasformo in quello che vuoi, tu ti levi dai piedi e non avvicini più il tuo brutto muso alla mia persona. Questi sono i patti. Per quel che ne sappiamo noi, potrebbe essere lì da secoli, indisturbata. Forse nessun incantesimo la protegge e tu potresti fare il tuo lavoro senza rischi. Tanto di guadagnato, ti pare?

Dal lampo nei suoi occhi capii che a quella generosa prospettiva non credeva nemmeno lui. Che l'oggetto magico più potente del mondo sonnecchiasse pacifico sotto la polvere della storia era la più incredibile delle favole. Polemizzare con lui in quel momento, però, se davvero eravamo a un passo dalla conclusione di quattro anni di convivenza forzata, sarebbe stata un'idiozia. Poi ero contento di essere tornato a Venezia, davvero. E il fatto che il mio arrogante compagno avesse, per timore degli allagamenti, allestito il suo laboratorio in mezzo alle nuvole (e alla mia amatissima nebbia) mi sembrò di buon auspicio: — Dunque si può sapere dove si nasconde il nostro tesoro, quello che le darà il potere che fu di Salomone e Nabucodonosor, e che le permetterà di erigere opere grandiose come il tempio di Gerusalemme o il palazzo di Babilonia? Perché è questo che vuole fare con la clavicola, vero? Passare alla storia come uno di quei due indimenticabili, immensi, immortali sovrani.

— Ogni cosa a suo tempo — rispose la carogna, facendomi sentire un servo, più che un socio.

Lo odiai, perché era la pura verità. Così, per vendicarmi, replicai: — Non è sua figlia quella ragazzina con le scarpe sfondate? Sua moglie non sarebbe contenta di vederla andare in giro conciata così.

Il mago sussultò. Impercettibilmente, ma sussultò. Odiava che gli ricordassi la moglie. Bene, eravamo pari. Osservò per un secondo la testolina dorata che spariva dietro un angolo. Poi con la coda dell'occhio sbirciò il ritratto della donna, bellissima e biondissima, appoggiato di malagrazia a terra, contro il muro. Se sperava che non avessi notato la manovra, si sbagliava di grosso. Lui, però, fece finta di niente.

— Lucilla ha tredici anni e può andare in giro conciata come le pare — ringhiò.

"Certo, purché lontana dai tuoi traffici" pensai. Per un secondo provai un moto di compassione per quella ragazzina due volte mezzo orfana. Mi chiesi che cosa ne sarebbe stato di lei una volta che suo padre avesse ottenuto quello che voleva. Io un sospetto ce l'avevo: la frase iniziava con la parola *collegio* e terminava con *Svizzera*, ma decisi di disinteressarmene. Il futuro per me cominciava e finiva con la mia trasformazione. E poi, non avevo forse un cuore di pietra?

All'inizio, Lucilla affrontò la cosa con metodo e calma. Voltò il primo angolo, si fermò sotto un portico ed estrasse la cartina cercando di non avere l'aria della turista babbea. Poi capì che quell'atteggiamento la faceva assomigliare a suo padre e decise di fregarsene di quello che i veneziani avrebbero pensato di lei. Tanto il suo aspetto la proteggeva.

Alzò lo sguardo e si specchiò nella vetrina di un ristorante. Anche così, vestita senza amore e pettinata per dispetto, era una ragazzina bellissima. Aveva preso da sua madre e tutte le volte che si specchiava la rivedeva. Diede le spalle alla vetrina e iniziò a guardarsi intorno. Il sole al tramonto faceva luccicare tutte le finestre. Improvvisamente la piazza nella quale si trovava sembrò irradiare luce. Lucilla si sentì dentro una specie di incantesimo e, per un secondo, fu felice di essere lì. Prima di muovere un altro passo, però, doveva sapere cosa cercare. Marciò decisa verso una libreria e chiese dove potesse trovare un negozio di animali. Il tizio rispose in modo semplice e chiaro, indicando il percorso sulla mappa. Sembrava facile.

Salì e ridiscese almeno una ventina di ponti,

tutti diversi gli uni dagli altri, eppure così facili da confondere. Aveva cercato di individuare dei punti di riferimento ma, siccome ogni palazzo aveva qualcosa di particolare, alla fine tutti diventarono indistintamente eccentrici. I percorsi erano tortuosi, quasi che per un veneziano progettare una linea retta fosse indice di imperdonabile sciatteria.

Lucilla invidiò i gatti che transitavano su minuscole cornici a un centimetro dall'acqua, apparentemente in grado di andare ovunque, mentre lei tutte le volte che si ritrovava in un vicolo cieco o, più spesso, di fronte a un canale, era costretta a tornare sui propri passi e ricominciare da capo.

Dopo un'ora, ignorando come, si ritrovò al punto di partenza senza aver trovato il negozio di animali. Di fronte rivedeva il portico, il ristorante, la libreria dove aveva chiesto informazioni e l'angolo voltato il quale sarebbe tornata a casa. Su quel particolare non poteva sbagliarsi, perché la riconosceva dal tetto: la sua casa era quella con la statua grottesca accanto al comignolo. Solo che adesso la figura con le ali e orecchie smisurate sembrava avvinghiata a una grondaia. Un'altra stranezza di questa città, pensò Lucilla: la prospettiva era sempre falsata e bastava un errore per farti perdere la trebisonda.

Infatti, al momento Lucilla si sentiva prigioniera di un gigantesco e malvagio gioco dell'oca. Cercò di orientarsi. La piazza era quella, lo diceva anche la targa con tutti quei nomi ebraici sul muro.

Solo che adesso l'ordine dei punti di riferimento era invertito rispetto alla partenza. Portico, ristorante, libreria. Oppure libreria, ristorante, portico? Lucilla non se lo ricordava più e il cuore cominciava a battere più forte. Su un fatto però non poteva sbagliarsi: la luce era decisamente cambiata, passando da giallo oro a un viola plumbeo.

Nuvole basse si accalcavano sui tetti, minacciando un secondo diluvio universale. Lucilla fu travolta da una squadra di uomini che parlavano in dialetto. Non capì una parola, poteva essere veneziano come ostrogoto.

Con gesti rapidi e precisi sistemarono una fila di passerelle di legno in prossimità dei canali. Proprio in quell'istante, si rovesciò sulla terra una cascata d'acqua.

Con i capelli incollati alla testa e un raffreddore già prenotato, Lucilla tornò sui suoi passi. La cartina si stava inzuppando nella tasca dei pantaloni, presto sarebbe stata inservibile e non aveva la più pallida idea di dove comprarne un'altra. La libreria vendeva libri scritti in caratteri sconosciuti che a Lucilla ricordavano dei minuscoli comodini.

Arrivò al portone di casa che di asciutto non aveva più nemmeno le mutande. E non poteva aprire perché aveva solo la chiave dell'appartamento, non quella del portone. In preda a una crisi di nervi, cominciò a pestare prima sullo stipite, poi direttamente sul legno della porta, poi a tirare calci gridando a squarciagola il nome di suo padre. Finalmente, con un mesto cigolio, il portone si aprì di uno spiraglio.

— Papà, apri, sono io! — strillò Lucilla.

Un naso a becco si insinuò nello spiraglio, seguito dopo qualche secondo da un occhio azzurro.

— Chi sei? — chiese una voce in falsetto, di certo collegata al naso e all'occhio.

— Lucilla Moneta, quinto piano.

— Ah, quella... — concluse la voce prima di decidersi ad aprire il portone.

La ragazzina saltò dentro, scrollando i piedi per liberarsi dell'acqua e scuotendo i capelli sulle spalle.

— Etciù!

— Ti sei dimenticata le chiavi? — disse la voce. Solo allora Lucilla alzò gli occhi. Di sicuro si era dimenticata di ringraziare. Un altro punto messo a segno dalla sua antipatia, e un'altra vicina di casa che l'avrebbe relegata senza appello nelle schiere dei mocciosi da rieducare.

— Veramente, non ho ancora la chiave del portone. Ho solo quella di casa, per il momento. Grazie per avermi aperto. Lei è la signorina Wehwalt?

La donna che aveva aperto spalancò tanto d'occhi. Erano identici a quelli del fratello, appena più grandi, forse. Oppure era un effetto dato dal mascara e dall'ombretto.

— Signorina? — ripeté la donna.

— Be', se vive con suo fratello deve essere zitella.

— Oppure vedova — replicò la donna con un sorriso divertito.

— Giusto! È vedova da molto tempo?

— No, sono nubile, che è un altro modo per dire zitella.

Lucilla cominciava a essere scocciata, oltre che infreddolita. Non le piacevano le scaramucce. Se qualcuno è vedovo, orfano, zoppo o solo, che male c'è a dirlo? Ma lei aveva solo tredici anni e nessuno trovava scorretto zittirla quando esprimeva il suo parere. Un altro mistero che la metteva di pessimo umore. Nel frattempo, la vecchia zitella l'aveva afferrata per la giacca e trascinata dentro il suo appartamento.

— Forza, stai inzuppando lo zerbino. Domani puzzerà di cane bagnato. Cosa aspetti, un invito scritto?

— Non posso entrare a casa degli sconosciuti! — protestò Lucilla afferrando lo stipite. — Mio padre non vuole!

— Di sicuro non vuole nemmeno che ti ammali di polmonite. Forza, c'è il caminetto acceso in salotto, mentre il riscaldamento non lo accenderanno che fra un mese.

Lucilla rifletté per un secondo su dove potesse essere il phon. Non trovando risposta, e trovando molto seccante l'ipotesi di prendersi un malanno, decise di dare fiducia alla signorina Wehwalt. In fondo, cosa poteva farle di tremendo?

Le fu ordinato di lasciare calze e scarpe fradice nell'ingresso, insieme alla giacca. Le fu imposto un paio di ciabatte, molto piacevoli perché tenute accanto al fuoco. Le fu richiesto di avvolgersi in una coperta e di sedersi su una poltrona rivestita di centrini. La signorina Wehwalt le offrì una tazza di tè bollente, dolce e scuro che Lucilla giudicò buonissimo.

Poi, dopo una serie di starnuti, la ragazzina ritrovò la parola.

— Ho conosciuto suo fratello oggi pomeriggio.

— Ah, sì? Be', adesso sta facendo il bagno. Come mai eri fuori con questo tempo?

Gustavo! Si era dimenticata dell'emergenza pesce. Gustavo avrebbe scagazzato nella pentola che papà usava per cuocere la pasta. Che ore erano? La pendola segnava le sette e mezza. Prima di un'ora suo padre non sarebbe tornato dall'ufficio, ma per allora doveva trovare una soluzione.

— Cercavo un negozio di animali — rispose Lucilla quando si accorse che la vecchia la fissava con uno sguardo interrogativo. — Devo comprare una nuova boccia per il mio pesce rosso.

— Ma benedetta ragazza, ce n'è uno proprio dietro l'angolo.

— Non l'ho trovato — protestò Lucilla.

— Oh, immagino si sia nascosto — continuò la donna come se stesse dicendo la cosa più ovvia del mondo. — Questa è una città dispettosa, te ne accorgerai.

— Nel frattempo il mio pesce dovrà stare in una pentola. E mio padre darà i numeri.

— Capisco.

Lucilla prese qualche momento per osservare la

padrona di casa. Aveva la stessa altezza del fratello, la stessa corporatura e persino la stessa faccia. Solo i capelli, di un identico bianco giallastro, erano pettinati in modo diverso. Lei li portava raccolti in una crocchia, lui lunghi sul collo.

— Siete gemelli?

— Sì. Ma per via del caratteraccio che ha, Leone è sempre stato il capofamiglia. Adesso che siamo due vecchi riusciamo ad andare d'accordo. Alla tua età ci mangiavamo vivi.

— Mia nonna ha la sua età, all'incirca.

— Ah, sì?

— Più di settant'anni. Infatti è un po' suonata. Vive in una casa di riposo, in Francia.

— Come mai in Francia?

— Perché è francese. E da quando mia mamma ha sposato papà non ha mai rimesso piede in Italia, nemmeno per il matrimonio. L'andiamo... andavamo a trovarla a Natale e d'estate.

Lucilla adocchiò una foto in bianco e nero, messa in bella vista sul ripiano del camino. Due ragazzi seduti sotto un ombrellone. Identici, non fosse stato per il taglio dei capelli e per i vestiti.

— Siete voi due?

— Prima della guerra. Eravamo al Lido. Già... — rispose la donna alzandosi di scatto dalla sua poltrona. — Senti, fra poco Leone uscirà dalla vasca in costume adamitico e non credo che ti farebbe piacere rivederlo così.

Lucilla saltò su come morsa da una tarantola.

Appoggiò la tazza sulla caminiera, proprio accanto alla foto.

— Non mi ha detto come si chiama.

— Ruth — rispose la donna porgendole un vaso di cristallo grosso come un televisore. — Questo al tuo pesce dovrebbe bastare. Me lo restituirai quando sarai riuscita a trovare il negozio.

— Potrebbe volerci un po'.

— Pazienza. Ho altri vasi. Adesso va', e grazie per la visita.

In punizione

Lucilla salì gli scalini a tre a tre, tanto era ansiosa di dare una sistemazione al suo pesce rosso. Anche con l'aggiunta di sassi, conchiglie e un portacenere di ceramica a forma di cavalluccio marino, il vaso prestato dalla signorina Wehwalt restava un recipiente enorme. Lo osservò per un po'. Siccome la superficie esterna del vaso era intagliata con dei motivi a fiocco di neve, Gustavo passava in pochi secondi da inoffensivo pesciolino rosso a mostruosa creatura degli abissi.

Poi risciacquò la pentola senza detersivo perché non era ancora stato comprato. Mentre eliminava le caccole di pesce dalle pareti della pentola, Lucilla sperò con tutto il cuore che suo papà decidesse di portarla a mangiare la pizza. Poi si dedicò a svuotare scatoloni. Il quadro che aveva rivisto solo di sfuggita sulla chiatta dei traslocatori non saltava fuori.

Lucilla se lo ricordava bene, ma non benissimo.

In realtà, nella sua memoria i colori cominciavano a sbiadire come quelli delle facciate delle case sotto la pioggia. I contorni erano già meno definiti. Si ricordava, quello sì, dei lunghissimi pomeriggi nei quali era dovuta stare in posa, per ore che sembravano infinite, nello studio del pittore.

Abitava ancora nella sua caotica, brutta, amatissima città. Erano passati pochi anni, sembrava un secolo. La mamma le lasciava la mano solo quando attraversavano il parco che separava la loro casa dallo studio del pittore, un amico della nonna. Sentì nel naso l'odore dei colori e dell'olio di lino. Sentì nelle orecchie la voce del pittore e della mamma, le loro chiacchiere quando, dopo la seduta, prendevano il tè insieme mentre lei, che allora era una bambina, giocava con i pennelli. Poi si ricordò dei soldi che le aveva dato suo papà e che non aveva speso. Pensò che Gustavo in fondo era sistemato benissimo e che la nuova boccia poteva aspettare. Si ricordò di aver visto dei cartelli con le indicazioni per raggiungere la stazione dei treni; si ricordò che quello non era il suo posto e che aveva un piano di fuga.

— È alla stazione. Bagnata fradicia. Non ha sentito gli starnuti? Sembravano le trombe del Giudizio.

L'alchimista chiamato Giulio Moneta annuì gravemente ignorando, o facendo finta di ignorare, le mie facezie. Se c'è una cosa che odio è fare il baby-sitter e temevo che quella nuova sistemazione veneziana, con la mocciosa che faceva le bizze, scappava di casa e si ammalava di polmonite si rivelasse un tormento.

L'alchimista sospirò. In tanti anni di collaborazione con maghi di vario livello, avevo sentito almeno un miliardo di volte quel tipo di sospiro. Esprimeva rabbia e frustrazione.

— Allora? Va a prenderla? — chiesi.

— Cosa ci fa alla stazione?

Adesso era il mio turno di sospirare. — Gliel'ho già detto. Starnutisce. E aspetta un treno, credo, altrimenti non vedo cosa ci faccia lì a quest'ora di notte.

— Immagino che tu abbia dovuto cercare a lungo prima di trovarla — disse l'uomo raddrizzando la schiena. Detestavo quell'abitudine tutta alchemica di non voler ammettere la sconfitta. Sua figlia doveva per forza essere furba e imprevedibile, mentre era solo una ragazzina triste e incapace di rassegnarsi. In questo sì, degna erede di suo padre. Decisi di mentire.

— Certo, ho dovuto sorvolare almeno cento calli in lungo e in largo, rischiando di farmi scoprire. Per fortuna questa pioggia scoraggia la gente dal camminare naso all'aria.

Questo particolare era vero, l'unico. In effetti, avevo dovuto spremermi le meningi meno di un secondo prima di capire dove potesse nascondersi la pupa. Non serviva uno psicologo o un detective, bastava una testa un po' meno ottusa di quella del mio socio. Dopo di che avevo volato come un pazzo sopra la laguna, al largo. Un'ora buona di divertimento sfrenato.

— Credo che voglia tornare a casa — aggiunsi.

L'alchimista distolse lo sguardo dal quadro che giaceva a terra e si affacciò alla finestra del laboratorio. Fuori, Venezia lottava contro l'acqua alta. Sembrava avere la peggio, ma era solo una resa strategica, io lo sapevo. Al primo raggio di sole, il mare sarebbe tornato al proprio posto, sconfitto. E la Serenissima sarebbe riemersa dai flutti in tutto il suo salmastro splendore. Era la battaglia stagionale, combattuta tutti gli autunni, quando le piogge fanno salire il livello nei canali, cingendo d'assedio i palazzi e allagando le cantine. Mentre riflettevo, il mago estrasse dalla tasca dei pantaloni un telefonino. Compose un numero e avvertì la polizia del fatto che sua figlia era scappata di casa e lui credeva si trovasse in stazione. Disse che con quel tempo non riusciva a trovare un taxi e che moriva d'ansia. Evidentemente il poliziotto abboccò, perché il signor Moneta si profuse in ringraziamenti, diede il suo indirizzo e riagganciò.

— Non va a prenderla? Di persona, intendo.

L'alchimista mi rivolse un sorriso allegro, anzi, sarebbe più corretto dire furbo.

— Mia figlia è un osso duro. Quando dovrà tornare a casa scortata dai carabinieri, come Pinocchio, avrà imparato una lezione di umiltà. I poliziotti le diranno che suo padre sapeva dove trovarla. Questo fatto, apparentemente così misterioso, la renderà più rispettosa nei miei riguardi. Così come sapere che le sue alzate di testa mi lasciano indifferente.

— Oh, il che naturalmente è falso — aggiunsi osservandomi con noncuranza un artiglio.

— Ovvio — rispose. — Di certo, però, dovrò occuparmi un poco di lei nei prossimi giorni. La porterò a spasso, le comprerò una vera boccia per il pesce e dei cavallini di Murano.

Come quell'uomo potesse pensare di comprarsi la docilità della piccola selvaggia con un cavallino di vetro restava per me l'unico fatto misterioso. Ma a dire il vero, tutto l'argomento paternità era un enigma per il sottoscritto, quindi il mago poteva anche avere ragione, in fin dei conti. E comunque poco me ne importava, così decisi di archiviare la faccenda e di passare a cose più importanti.

Lo raggiunsi alla finestra. L'odore inconfondibile della mia laguna mi solleticò le narici. Gasolio, smog, petrolchimico, niente poteva coprire del tutto la natura di quella straordinaria città. Come il corpo di una sirena, traslucido e sinuoso, Venezia sonnecchiava ai miei piedi.

Fui invaso da uno straordinario senso di potenza. Niente era impossibile fra le pareti della torre, nella casa più alta del ghetto, nel laboratorio del mio alchimista. Ce l'avremmo fatta. Avremmo recuperato la clavicola dal suo oscuro nascondiglio.

Avremmo rimesso le cose a posto. Bisognava solo farlo in fretta.

— Quando ci mettiamo all'opera, dunque?

— Di certo non sabato e domenica. Ci sono troppi ficcanaso in giro. Faremo così: io baderò a mia figlia, mentre tu cercherai di capire chi altri è impegnato nella nostra ricerca. Sento odore di magia nell'aria. Incenso, incantesimi...

Lo guardai allibito. Ma dove credeva di essere?

— Non esiste un altro posto in tutta la città dove la magia sia praticata da più tempo e con i migliori risultati che qui, nel ghetto ebraico. Qui i bambini imparano la cabbala prima delle tabelline — dissi. — Qui, nei passaggi segreti che collegano le tre sinagoghe e che nessuno conosce, eccetto pochi iniziati, si dice sia nascosto il cucchiaio d'argento con cui si impasta il Golem.

L'alchimista inspirò soddisfatto, gonfiando il petto rachitico. Era un cretino, non dimentichiamolo, così dovetti specificare.

— Intendevo dire che si è cacciato nella tana del lupo. Qui anche i muri hanno occhi e orecchie. Dobbiamo essere accorti.

Il socio liquidò le mie raccomandazioni con un vago gesto della mano. L'avevo visto fare da molti altri prima di lui, un'infinità di volte, in svariate epoche storiche e non portava mai a niente di buono.

— Io sono solo un chimico. Con una figlia ribelle e dei problemi di famiglia. Nessuno sospetta di me.

Cominciava a farmi venire il nervoso, lo ammetto. Il ghetto, per via di tutti i libri e manufatti alchemici che circolano, è il luogo più sicuro di Venezia per nascondere un talismano, ma è anche il quartiere dove abitano i maggiori conoscitori di tutto ciò che è arcano. Nessuno, e tantomeno un babbeo come Giulio Moneta, poteva pensare di abbassare la guardia.

— La metà dei libri che mi ha fatto, per così dire, prendere in prestito dalle biblioteche di mezza Europa sprigiona un'aura che in confronto l'aurora boreale è un moccolo in chiesa. E qui, a differenza che a Milano, non c'è un Duomo di marmo radioattivo a confondere le vibrazioni, come già ho spiegato... quante volte? Mille? No, fosse stato solo mille volte avrebbe potuto scordarselo. Devo averglielo ripetuto, vediamo... una volta al giorno moltiplicato per quattro anni dovrebbe fare...

Quell'allocco voltò lo sguardo verso gli scaffali di rovere, lustrati da un chilo di cera d'api e olio di gomito del sottoscritto. Libri di ogni fattura e lingua se ne stavano lì, ordinati come soldatini. Davano l'impressione di essere lì per lui. Solo un cretino, però, se la sarebbe bevuta. Ma questo l'ho già detto, vero?

— Sento dei rumori da basso — disse a quel punto Giulio Moneta. — Credo sia arrivata la polizia. Perché non ne approfitti e ti fai un bel giro nei luoghi della tua infanzia?

I luoghi della mia infanzia sono così remoti e profondi che tu, con la tua insignificante esperienza, non riusciresti nemmeno a figurarteli. Avrei voluto dire. Invece risposi solo: — Ok, messaggio ricevuto: sparisco.

Anche con gli occhi chiusi, al buio, Lucilla avrebbe saputo descrivere la sua vecchia stanza. La cassapanca ai piedi del letto. La sedia accanto all'armadio con i suoi vestiti accuratamente piegati. La finestra con le persiane, dalla quale filtrava la luce dorata della Madonnina, in cima al Duomo. L'espressione uguale a quella della sua mamma, quando le raccontava di come avesse conosciuto suo padre da giovane, e di quanto lo amasse. Poi, a un certo punto, aveva smesso di raccontarle quella storia e, da allora, quando guardava Giulio Moneta il suo sguardo non luccicava più.

Adesso, sdraiata sul suo vecchio letto in una nuova stanza, Lucilla non sapeva più dov'era. Di sua madre non aveva più notizie e suo padre si era comportato anche peggio del previsto. L'aveva umiliata davanti ai poliziotti. Le aveva inflitto una pacata ramanzina, senza specificare che lei voleva solo andare a trovare sua mamma, ricoverata in ospedale. In coma forse per sempre. Poi l'aveva spedita a letto senza cena, con lo stomaco vuoto e una frustrazione che si concentrava in un fastidioso groppo in gola.

Non riusciva a prender sonno. Continuava a rivedere la scena in cui arrivava a casa in motoscafo, la giacca prestata da un poliziotto sulle spalle. D'istinto aveva alzato gli occhi, in cerca della statua alla quale rivolgeva le preghiere quando viveva a Milano e invece aveva visto ancora quel grugno rincagnato, con le orecchie enormi, quella figura che aveva scambiato per una statua, ma che non poteva essere una statua visto che si spostava continuamente. Infatti, quella sera se ne stava affacciata alla finestra della soffitta. E c'era suo papà accanto, i gomiti appoggiati al davanzale. Poi il motoscafo aveva attraccato e lei era stata fatta scendere. Quando aveva rialzato gli occhi, la luce era spenta e i due profili alla finestra erano spariti.

Venezia di notte era più interessante che di giorno, pensò lei mentre camminava scortata dagli agenti. Così silenziosa. Il rumore dei passi e dei suoi starnuti echeggiava fra le mura delle vecchie case, mentre rari clienti stavano fermi davanti alle porte delle osterie con l'ultimo bicchiere in mano, chiacchierando. Lucilla non ricordava l'indirizzo esatto, ma era riuscita a spiegare che abitava nella casa più alta del ghetto e tanto era bastato. Aveva affrontato i cinque piani a piedi con la faccia lunga, aspettandosi una scenata.

Invece suo padre aveva recitato la parte del pover'uomo, solo con una ragazza da tirar su con i tempi che corrono e tutto quello che si sente in giro. E i poliziotti avevano annuito comprensivi e delicatamente sorvolato sull'incidente della mamma.

Lucilla tirò su con il naso e decise di alzarsi. Non voleva che suo padre piombasse in camera sua a dirle per l'ennesima volta quanto fosse stata crudele e imprudente, per cui non accese la luce. Siccome non sapeva ancora orientarsi in quella stanza picchiò il ginocchio contro uno spigolo e raggiunse tentoni la finestra. Il vetro era gelato. Fuori, una nebbia impenetrabile copriva la città come un cappello di pelliccia. Non si vedeva a un palmo. Ed era così bello, così... milanese!

Per un attimo, Lucilla ebbe la certezza che tutti i pezzi della sua vita sarebbero tornati al proprio posto. La mamma si sarebbe svegliata, avrebbe spiegato le sue ragioni e papà avrebbe acconsentito che Lucilla vivesse con lei. All'improvviso sentì un'imprecazione in ostrogoto e un rumore furioso, come di ali pesantissime che sbattono all'impazzata per evitare un ostacolo. Poi un botto, proprio sopra la sua testa, e uno stridore come di coltello sul piatto imputabile a un tentativo di frenata, e altra imprecazione. Lucilla pensò che un missile fosse piombato sul tetto. Ok, il missile era pilotato da qualcuno, si disse Lucilla, mentre aspettava che il lampadario smettesse di tintinnare.

Ansiosa di saperne di più si sporse fuori storcendo la testa. Cercò di guardare in su. Poi, all'improvviso, ebbe paura di fare la fine di sua madre. Di picchiare la testa e di ridursi a un vegetale. Si sentì gelare, e un velo di sudore le imperlò le tempie. Rientrò di scatto, proprio mentre da sotto la porta s'insinuava una lama di luce. Suo padre era in corridoio. Lucilla sentì scattare la serratura e uno scalpiccio di ciabatte sul pianerottolo. Tornò a letto con i piedi freddi e un'idea in mente. Al piano di sopra c'era una soffitta, ormai ne era sicura. Soffitta frequentata da suo padre e da almeno un'altra persona d'aspetto, orari e abitudini bizzarre. Quella che le era sembrata una statua di certo era un essere umano, per quanto brutto. Così, a occhio e croce, sembrava un mistero. Qualcosa che nasconde qualcos'altro. Mentre sprimacciava il cuscino, inaspettatamente felice, Lucilla pensò che forse era arrivato il momento che tutti i figli aspettano: quello in cui possono ricattare i propri genitori.

La città degli specchi

Giulio Moneta buttò giù dal letto sua figlia che non erano ancora le otto del mattino. Spalancò la finestra e le annunciò di sbrigarsi, che li aspettava una giornata impegnativa. Aveva ripreso a piovere e l'umidità appannava lo specchio del bagno. Lucilla fu infilata nelle scarpe da tennis fradice e spedita a comprare due cappuccini e due brioche.

— Hai un quarto d'ora, non un minuto di più — le spiegò.

Lucilla attese che suo papà mettesse mano al portafogli, immobile sulla porta con l'ombrello in mano, tirando su con il naso.

— Il tempo passa. Adesso hai quattordici minuti.

— Ma giù al bar non mi conoscono. Non mi faranno credito — protestò Lucilla.

— Non provarci, signorina — sorrise lui. — Hai ancora tutti i soldi che ti ho dato ieri. Quelli che userai per comprare la boccia al pesce e pagarti l'ingresso alla basilica di San Marco.

— Cosa? Ma io non ci voglio andare! Figuriamoci se pago il biglietto!

— Tredici minuti. Sai, tesoro, credo che ti convenga guadagnare tempo e correre all'andata. Al ritorno sarebbe più difficile: con le tazze in mano rischi di cadere e romperti i denti. Oh, dodici minuti...

Dieci minuti più tardi, Lucilla tentava una complicata apertura del portone con un vassoio in una mano e l'ombrello gocciolante nell'altra. I piedi facevano un curioso rumore di risucchio quando li appoggiava a terra e le scarpe avevano preso un vago odore di vongola. Fu allora che una testa scarmigliata comparve sulla soglia dell'appartamento al pianterreno. Il signor Wehwalt alzò gli occhi verso di lei, forse richiamato dal rumore risucchiante. Fece una smorfia e storse il naso. Era la copia sputata della sorella, solo con un'espressione molto meno gentile dipinta sulla faccia.

— Passa da Ruth oggi pomeriggio, tanto io sarò chiuso nel mio studio. Forse ha ancora un vecchio paio di galosce che non ha dato ai poveri.

— Buongiorno anche a lei. Dica a sua sorella che non potrò restituirle il vaso prima di domani. E che mi piacerebbe passare a salutarla, ma non so se farò in tempo perché...

— Devi andare al commissariato? — la interruppe il vecchietto.

Lucilla non trovò niente da dire, sul momento. Sua mamma la chiamava *sindrome da scalinata*.

Solo che lei lo diceva in francese. Capita quando ti dicono qualcosa di maleducato e tu resti lì come un babbeo, salvo poi farti venire in mente una risposta sagace quando è ormai troppo tardi. Esattamente quello che stava capitando a lei. Risalì le scale, appunto, mentre il cervello turbinava di cattiverie da ribattere a quel vicino ficcanaso. Solo che ormai le aveva sbattuto la porta sul muso.

Suo padre l'aspettava guardando la pendola che, nel frattempo, aveva inchiodato al muro della cucina. A terra giacevano pezzi di intonaco fradicio.

— Questi muri fanno schifo. Se provassimo ad attaccare un quadro ci cadrebbe in testa tutta la casa.

Lucilla stava per chiedere qualcosa del ritratto, poi lasciò perdere. Era stufa di discutere. Aveva fame e il cappuccino rischiava di diventare tiepido, quindi imbevibile.

Appoggiò con cura il vassoio e rivolse a suo padre uno sguardo speranzoso. Forse quella della basilica era solo una cosa detta così, per spaventarla. Era suo padre, e di sicuro sapeva quanto lei odiasse visitare i monumenti. Per di più, pioveva a scrosci rabbiosi e lei non aveva niente d'impermeabile dentro cui infilare i piedi. Così fece il gesto di togliersi le scarpe.

— Oh, risparmia la fatica. Tanto fra poco dovresti rimettertele.

— Non dici sul serio, vero?

— Indovina.

— Senti, tu non sei uscito e fuori piove in un modo che nemmeno ti immagini. La gente cammina su delle passerelle di legno e per fare un metro ci si mette mezz'ora perché si scivola e bisogna lasciar passare le vecchiette. Nessuno uscirebbe con un tempo così, a meno che non fosse costretto.

— Appunto. Noi siamo costretti. Abbiamo delle commissioni da sbrigare. Luoghi favolosi da visitare. E non puoi pensare di vivere in una città che non conosci.

— Ma io...

— Tu prestissimo inizierai la scuola e non sai nemmeno dov'è. Non sei riuscita a trovare il negozio che cercavi e prima ti ambienterai, meglio sarà. Sono sicuro che quando avrai imparato a conoscere Venezia non avrai più nostalgia di casa. Ah, ricordati di prendere il fazzoletto. Ti sei buscata il raffreddore durante la tua passeggiata notturna.

Lucilla strinse i pugni così forte che sentì scricchiolare le articolazioni.

— Bene — continuò Giulio Moneta — sei pronta a innamorarti di questa straordinaria città?

Nel corso di quella giornata, Lucilla imparò molte cose sul posto che la ospitava. Innanzitutto che nemmeno un nubifragio riuscirebbe a tenere i visitatori lontani dalle zone turistiche. Frotte di persone di tutte le età e nazionalità sciamavano su e giù dai ponti. Su e giù dai vaporetti. Un esercito di formiche bagnate si accalcava fuori dalle chiese e dalle osterie, incellofanate dalla testa ai piedi.

Anche se avesse voluto, non avrebbe potuto guardarsi intorno, occupata com'era a evitare le stecche degli ombrelli. E a soffiarsi il naso. Notò che gli stivali di gomma costavano quanto borsette di coccodrillo, quindi non si stupì quando vide un ragazzo con una cicatrice sul sopracciglio camminare scalzo nonostante il freddo. Poi lo vide infilare la mano nella tasca di un signore che si portava al collo una fortuna in macchine fotografiche e nemmeno allora si stupì.

Poco prima di partire, l'infermiera di sua mamma le aveva detto che Venezia è la patria dei borseggiatori. A lei avevano rubato il portafogli. Memore di quell'avvertimento, Lucilla aveva nascosto i soldi di suo padre dentro a un calzino e non voleva ricordare la faccia del barista quando aveva pagato la colazione con quella banconota.

Per via della pioggia, della ressa e del fatto che suo padre aveva sbagliato vaporetto, la giornata iniziò al Lido. Lucilla represse tutte le battute a proposito dell'infallibile senso d'orientamento di suo padre e su come quella città sembrasse godere nel mandare fuori strada i viaggiatori. Sembrava che lo facesse apposta, rifletté Lucilla. Se davvero le città hanno un'anima, be', quella di Venezia era decisamente dispettosa. Se non sadica.

Tutto quello che vide del famoso Lido fu la facciata del Casinò, perché suo papà si rifiutò di uscire dalla pensilina del vaporetto sotto la replica del diluvio universale. Lucilla notò che anche lui cominciava a perdere la calma, quindi iniziò a divertirsi nonostante ormai fosse fradicia fino alle radici dei capelli e un fastidioso pizzicorino in gola preludesse all'arrivo della tosse.

Dopo mezz'ora sbarcarono in piazza San Marco. Giulio Moneta impiegò quel tempo elencando tutte le reliquie ospitate nelle chiese di Venezia. La lista comprendeva braccia, mani, braccia *con* mani, teste, denti, mascelle e parecchie ossa. Questa passione per i pezzi di cristiani famosi spinse il Doge a fare erigere la spettacolare basilica che sorgeva davanti ai loro occhi e che custodiva la reliquia più cara ai veneziani, cioè quello che restava del corpo di San Marco Evangelista, spiegò sorridendo il signor Moneta.

Erano in pieno orario di visita, cioè metà mattina. La calca era impressionante. Come facessero i veneziani a non armarsi di lanciafiamme e sterminare tutta quella gente che sgomitava, muoveva le mani in tutte le direzioni per indicare chissà quale meraviglia architettonica senza curarsi se un occhio, per caso, transitasse di lì, per Lucilla era un mistero. Suo papà le mostrò il leone alato in cima alla colonna, la torre dell'orologio e l'elegantissimo bar sotto i portici.

Lei notò solo la quantità di persone incolonnate davanti alla basilica. C'era da aspettare per ore. Anche se adesso calzava degli stivaloni di gomma aveva lo stesso freddo ai piedi e le scarpe da tennis zuppe pesavano nel sacchetto. Con un sospiro, Lucilla si rassegnò. Rivide la propria opinione riguardo ai malanni di stagione. Forse una bella bronchite l'avrebbe messa al riparo da ulteriori gite di piacere. Tutto quello che le interessava scoprire della sua nuova sistemazione si trovava nel ghetto vecchio e per l'esattezza sopra la sua testa.

Quante storie per quattro tegole rotte. Chi non sa niente di volo e nemmeno di atterraggi d'emergenza dovrebbe tenere il becco chiuso. E chiedersi come mai, per esempio, quell'oca di sua figlia se ne stava affacciata alla finestra. Anzi, perché non se ne stava mai al suo posto. È tipico delle mocciose cosiddette carine. Pensano di poter fare sempre quello che vogliono e ti stanno sempre fra i piedi. Zampe. Insomma, arti inferiori. Per fortuna c'era la benedetta nebbia e l'oca bionda non mi aveva visto. Ma io avevo visto lei, eccome. Con quell'espressione per metà sull'orlo del pianto e per l'altra metà come se fosse in procinto di staccarti le orecchie a morsi.

Se pensavo a sua figlia non invidiavo per niente Giulio Moneta. Non lo avevo mai invidiato, veramente. Chi vorrebbe essere un umano, per di più presuntuoso, ignorante e bifolco? Chi vorrebbe essere fatto di carne mortale, putrescente a voler essere precisi, invece che di solido granito? Immarcescibile, immortale, appena un po' corroso dallo smog?

Per farla breve, stavo rientrando nel laboratorio, detto anche pulciosa soffitta, per recuperare un gabbiano che avevo messo da parte per la cena (i gabbiani sono commestibili solo d'inverno. Con il caldo si riempiono di vermi) quando per un soffio non vado a sbattere contro la ragazzina. Ecco perché ho dovuto precipitosamente atterrare sul tetto svegliando il mio socio che si è presentato in ciabatte e vestaglia a farmi il predicozzo sulla prudenza. Lui. A me. Lui che passeggia dal ghetto fino a San Pietro di Castello con manuali alchemici che appartennero a Rabbi Lowen e a Isaac Newton. Lasciandosi dietro una scia di magia che anche un bassotto potrebbe seguire.

Quando sua moglie era viva (o meglio, più viva di adesso) la piccola ficcanaso alle dieci era a letto con un libro. E io vivevo tranquillo. Per fortuna l'alchimista mi aveva promesso di sfiancarla di giorno e di riportarla a casa stanca morta di sera. Così da cadere tramortita prima ancora di inquadrare il cuscino.

Lo speravo con tutto il mio essere. Ne avevo abbastanza della preadolescenza. La clavicola era così vicina. Se l'imbranato si fosse concentrato sulle iscrizioni arabe che gli avevo indicato, invece di portare a spasso la rompiscatole, forse sarebbe stata ancora più vicina. Sarebbe stata qui, e io sarei già tornato bello come prima. Con le mie ali piumate, il muso fiero e una signora criniera. Non ne potevo più di evitare tutte le superfici riflettenti.

Considerato che Venezia è la patria dei vetri e degli specchi d'acqua, capite che avevo il mio bel daffare. E poi gli sguardi divertiti di chi non sapeva chi fossi veramente, un tempo. Un leone ero io, con il mio bel vangelo sottobraccio. Zampa. Insomma, basta!

Mentre mi limavo gli artigli su una grattugia (un piccolo dispetto al mio signor socio, che usava quella raspa solo per l'oro) pensavo che ormai era questione di pochi giorni. Ore, forse, se la scassabubbole restava al suo posto. Cioè lontano da me. Quella soffitta, se possibile, era ancora più angusta dell'ultima cantina. E l'odore degli esperimenti e della presunzione dell'alchimista mi dava la nausea.

Mi mossi con la consueta cautela per evitare un alambicco contenente l'intruglio che gli garantiva il prolungamento della sua miserabile vita. Mi chiesi come avrebbe reagito la ragazzina se l'avesse scoperto. Me la immaginai correre dalla sua mamma, piena di speranza. Poverina, che delusione.

Il babbeo ingurgitava tutte le notti un disgustoso decotto di mia invenzione che non avrebbe fatto crescere le ortiche in un campo. Ma lui se lo beveva, tutto soddisfatto. Era per quella ricetta segreta che mi teneva con lui. Gli avevo raccontato che il rabbino di Praga riforniva del mio beverone l'imperatore Rodolfo e per questo l'augusto protettore dei maghi scampava a ogni tentativo di avvelenamento. E quel pisquano era talmente ignorante da non sapere che Rodolfo aveva regnato secoli prima del mio incidente. Mi aveva creduto. Se ne era convinto a tal punto che in quattro anni non aveva mai buscato nemmeno una verruca, il che spiega solo quanto è forte il potere della mente.

Spensi il fuoco sotto l'alambicco e aggiunsi la consueta limatura dell'unghione del mio pollice destro. Ecco fatto. Adesso mi restavano due possibilità: mettermi comodo nell'unico angolo libero e aspettare che tornasse il padrone di casa, oppure farmi un ultimo giro a volo radente sulla laguna. Magari ci scappava anche qualcosina da sgranocchiare. Stavo già per spalancare la finestra e prendere il largo, quando un movimento sulla sinistra attirò la mia attenzione. Vidi poco più di un'ombra, ma fu sufficiente a farmi fremere l'essenza. Ero solo nella topaia, di questo ero più che sicuro.

Quello che avevo visto era una specie di riverbero, come un'eco dal passato. Una ragazza che studiava, china sulle pagine dei libri dell'alchimista, l'espressione così tormentata da far tremare le vene nei polsi. Una frazione di secondo dopo, era sparita. Decisi di rimandare lo spuntino. Non mi piaceva per niente quella sensazione. Nella testa sentivo suonare un campanellino d'allarme. Che ci faceva un fantasma nella mia soffitta?

Lucilla aveva emesso degli "ooh" di ammirazione ogni volta che aveva ritenuto necessario gratificare suo padre. Quando lui le aveva indicato la pala d'oro nella basilica di San Marco, per esempio. O mostrato tutti i mosaici custoditi all'interno. Aveva represso gli sbadigli, ma non aveva avuto lo stesso successo con gli starnuti. Il raffreddore era esploso con il fragore di una salva di cannoni. Per di più, Lucilla sapeva di avere la fronte bollente e la schiena gelata. Bene, pensò, una bella influenza l'avrebbe costretta in casa per giorni. Sempre che sopravvivesse alla visita ai piombi.

Usciti dalla Basilica, infatti, suo padre si era incamminato verso la riva degli Schiavoni e le stava giusto raccontando come fossero le antiche prigioni veneziane, collegate al palazzo Ducale dal ponte dei Sospiri. I detenuti erano rinchiusi in celle dal soffitto così basso da costringerli a posizioni tremende per la spina dorsale, che oltretutto in estate diventavano roventi. Oppure venivano gettati in sotterranei che si allagavano alle prime piogge, infestati da ratti grossi come barboncini. Lì debitori, criminali, prigionieri di guerra e alchimisti sperimentavano gli artigli del leone, la giustizia dei dogi.

Lucilla stava domandandosi come mai tanta gente considerasse quella città così romantica da trascorrerci il viaggio di nozze, quando il suono di una sirena lacerò l'aria. Giulio Moneta afferrò la figlia per il braccio e la trascinò indietro, verso la fermata del vaporetto. Uno scroscio di pioggia li colpì in pieno viso, prima ancora che riuscissero ad aprire l'ombrello. L'acqua ormai arrivava alle ginocchia. Un'onda gelata si infilò dentro gli stivali e Lucilla dovette levarseli per evitare di perderli.

Scalza, disperata all'idea di cosa diavolo potesse calpestare, il sacchetto ormai pesantissimo, la ragazzina lanciò uno sguardo verso suo padre. Lui sapeva che cosa significasse il suono della sirena, cioè che l'acqua stava salendo. Infatti, nessun veneziano era stato colto alla sprovvista e si trovavano tutti in salvo sulle passerelle, mentre i turisti ritardatari annaspavano tra i flutti. C'era anche il ragazzo con la cicatrice. Dall'alto della passerella, Giulio Moneta allungò una mano verso la figlia.

— Coraggio, sali. Perché ti sei tolta gli stivali?

— Erano pieni d'acqua. Mi stanno grandi e rischiavo di perderli.

— Ancora con questa storia? — esclamò lui issandola al suo fianco di malagrazia. — Te li ho comprati appena più larghi perché così ti durano un po'. Hai solo tredici anni e di certo non hai smesso di crescere. Con due paia di calze saranno perfetti.

— *Très bien.*

— Ti ho chiesto mille volte di non parlare francese.

Lucilla abbandonò la polemica per concentrarsi sull'aspetto misterioso della faccenda. Come mai suo padre si comportava come un veneziano? Da che lei aveva memoria, doveva esserci stato solo in viaggio di nozze. A farlo scappare al suono della sirena era il classico buonsenso degli adulti, o c'era dell'altro?

Sul vaporetto, Lucilla si rese conto di stare proprio male. Avrebbe dato qualsiasi cosa per un posto a sedere, e poi c'era il pezzo a piedi fino a casa. Suo padre approfittò immediatamente del vantaggio.

— Fai apposta?

— Cosa?

Lucilla tutto si aspettava tranne una domanda diretta. Suo padre ultimamente non faceva che stupirla. E lei odiava le sorprese.

— Perché adesso ti metti a parlare francese? Non l'hai mai fatto.

Non restava altra scelta che rispondere sinceramente.

— È che non ce la faccio. Io non voglio dimenticarmi di...

— NON NOMINARLA!

L'urlo di suo padre fece voltare le persone accanto a loro. Poi, dopo molti sguardi di rimprovero che ignorò, Giulio Moneta riprese a parlare. La voce era poco più che un bisbiglio. — Ti ho chiesto, implorato di non parlare più di tua madre, non dopo quello che ci ha fatto. Non voglio ricordarla e, per il tuo bene, faresti bene a darmi ascolto.

Detto questo, l'uomo vestito di nero che Lucilla chiamava papà voltò la testa verso la laguna e non la mosse più fino a destinazione.

— Chi è? — brontolò una voce oltre la porta del pianterreno.

— Lucilla Moneta. C'è sua sorella?

— Un momento.

Lucilla aspettò in piedi un paio di minuti, poi, siccome le girava la testa, si sedette sullo zerbino. Quando la porta dopo un'eternità si riaprì, Lucilla si stava addormentando con la fronte contro lo stipite.

— Benedetta *putea*, cosa ci fai per terra? Entra.

Lucilla guadagnò la poltrona sorretta da Ruth. La vecchia rintuzzò il fuoco, le levò le calze e il maglione fradici sistemandoli sulla spalliera della sua sedia. Poi si sedette accanto a lei.

— Vuoi una tazza di brodo caldo? Un tè?

— Un tè, magari. Se lo beve anche lei.

Ruth sparì per dieci minuti, durante i quali Lucilla si sentì molto vicina al paradiso. Vide una mensola carica di libri e si chiese se ci fosse anche qualcosa di suo gusto. I suoi libri, una ricca collezione di romanzi fantasy, non erano mai partiti da Milano.

Ruth ricomparve con due tazze e un piattino colmo di biscotti che si rivelarono salati.

— In che lingua sono scritti? — chiese Lucilla indicando la mensola con la mano libera, mentre con l'altra rigirava lo zucchero.

— Ebraico.

— Ho visto dei libri simili in una libreria qua vicino.

— Certo, perché siamo nel vecchio ghetto.

Lucilla aveva studiato a scuola la storia degli ebrei, ma quella era la prima volta che parlava con qualcuno di loro.

— Lei è ebrea?

— Sì.

— Anche suo fratello?

— Certo. Siamo tornati qui dopo la guerra.

— Ah.

— Durante la guerra siamo stati via.

Lucilla cercò di sbirciare sotto la manica della camicetta della donna. E lei se ne accorse. Arrotolò il polsino. Sotto, sulla pelle bianchissima, Lucilla lesse un numero. Finiva per diciotto. L'età agognata, quella in cui, finalmente maggiorenne, se ne sarebbe andata di casa.

— Ecco, adesso lo sai — disse a quel punto Ruth, richiamando Lucilla al presente.

— Mi dispiace. Io...

Ruth sorrise e riabbottonò la manica. — Non è colpa tua. È stata colpa dei nazisti, dei repubblichini, di tutti quelli che hanno voltato la testa dall'altra parte. Tu non eri nemmeno nata. Adesso, dimmi: ti senti meglio?

— Non molto.

— Hai la febbre?

— La mia mamma sta morendo — rispose lei tutto d'un fiato.

— Cosa?

Per un tempo lunghissimo, si sentirono solo il rumore dell'orologio sulla caminiera e quello della pioggia contro il vetro della finestra. Poi Lucilla abbassò la voce e disse: — Dov'è suo fratello?

La vecchia trasalì, e due rughe più profonde si formarono tra le sopracciglia.

— Oh! Leo è chiuso nel suo studio. Ascolta musica con le cuffie e non metterà la testa fuori finché tu starai qui. Non può sentirci.

Lucilla respirò un paio di volte, indecisa se andare avanti oppure no. Poi ripensò al numero sul braccio della sua vicina. Pensò che se c'era qualcuno in grado di capirla, forse era proprio lì, di fronte a lei. Le sue amiche si erano stancate presto di aspettarla fuori dall'ospedale e di prestarle fazzoletti. Non le sentiva da settimane.

Così prese fiato e disse:

— Mia mamma ha avuto un gravissimo incidente. Guidava e pioveva forte, come adesso.

La vecchia annuì, ma non disse niente, così Lucilla continuò a parlare, un po' più sicura.

— Papà ha detto che ci stava abbandonando. In macchina aveva solo una valigia con pochi vestiti.

Lucilla fece una pausa. Forse non voleva dire proprio tutto.

— Tu ne sapevi niente?

La ragazzina scosse la testa.

— La mamma non era più felice con noi. Ecco perché stava scappando. Papà non vuole più parlare di lei. Dice che dobbiamo dimenticarla.

— E tu cosa dici?

— Io non credo che sarebbe scappata senza di me. Solo che adesso è in ospedale e non si sveglia più e io non posso chiederglielo.

La pendola batté sette rintocchi. Ruth appoggiò la tazza sul tavolino, ma non le prese la mano, né tentò di accarezzarla, cosa che Lucilla apprezzò.

— Adesso devo andare. Mio padre mi aspetta per cena.

Ruth prelevò i calzini e il maglione dallo schienale e glieli porse. Poi andò in cucina a riportare il vassoio. Al suo ritorno, Lucilla era in piedi, vestita e con gli occhi asciutti.

Ruth la accompagnò alla porta.

— Mi dispiace — disse Lucilla, lanciando occhiate nervose alla porta dello studio, quasi temesse che il signor Wehwalt facesse capolino con qualche battuta sulle ragazzine frignone. — Non ho fatto in tempo a comprare una boccia per Gustavo.

— Non c'è fretta, negli ultimi cinquant'anni nessuno mi ha regalato dei fiori — rispose Ruth con un sorriso amaro. — E se hai voglia di parlare con qualcuno, di qualsiasi cosa, sai dove trovarmi.

Poi le restituì il sacchetto con le scarpe e richiuse piano la porta.

Un cammello a Venezia

Dobbiamo andarcene di qui. La soffitta è infestata — sibilai.

Aveva iniziato a piovere dal tetto, lo ammetto, dalle tegole che avevo rotto durante il mio ultimo atterraggio di emergenza. Mi sgocciolava proprio in testa, ma decisi di non spostarmi perché di solito la pioggia che mi scivola sul muso corrucciato fa il suo bell'effetto scenico. Ne sanno qualcosa gli architetti di Nôtre Dame, a Parigi. Quindi diedi la notizia senza preamboli, confidando sul fatto che di solito gli umani non si sentono a proprio agio in compagnia degli spettri. Ma non avevo fatto i conti con l'arroganza dell'alchimista. Lui socchiuse gli occhi e si passò una mano fra i capelli. Poi mi fece spostare dallo sgabello sul quale stavo appollaiato per metterci un secchio. Tutta la soffitta era disseminata di recipienti, il che toglieva parecchia atmosfera al laboratorio alchemico del mio socio.

— Senti, ne ho abbastanza delle stranezze di mia figlia. Ci manchi solo tu...

Chiusi la bocca così forte che mi si scheggiò un dente.

— Forse non sono stato chiaro: in questa soffitta c'è un fantasma.

Giulio Moneta sollevò da uno scatolone un medaglione con l'immagine della maga Medea, la patrona degli alchimisti e lo lucidò sulla manica della giacca.

— Non esistono.

Cosa? Quel babbeo credeva di poter trasformare il piombo in oro e non credeva ai fantasmi? La mente umana non finiva di stupirmi, e mai in positivo.

— Mi sta dicendo che io dovrei stare qui a giocare a rimpiattino con uno spiritello birbante?

L'alchimista sistemò il medaglione su un ripiano e sospirò forte.

— Anche se fosse? Che fastidio ti dà?

Adesso era il mio turno di alzare gli occhi al cielo. Mi guardai con studiata disinvoltura l'artiglio limato di fresco e dissi: — Oh, niente, figuriamoci. Il problema è che la ragazza fantasma potrebbe essere una spia, ci ha pensato? Potrebbe vedere e riferire. Fosse solo per dare ai parenti i numeri da giocare al lotto.

Moneta raddrizzò la schiena e mi rivolse un sorriso divertito. — Ah, sì? E a chi? Se come dici, è il fantasma di una ragazzina, vuol dire che abitava qui. Di certo era una piccola ebrea. E purtroppo non credo abbia più qualcuno con cui parlare...

Quel riferimento alla morte di tante persone mi

fece venire i brividi. Ero a Varsavia durante la seconda guerra mondiale. Conoscevo bene anche quel ghetto e a quel proposito non ricordavo proprio niente di divertente.

— Quanta indifferenza in un uomo così giovane — replicai. — È sprecata, avrebbe dovuto nascere lumaca.

Giulio Moneta ignorò il mio commento e senza nemmeno alzare la testa disse: — Domani mia figlia dovrebbe restare a letto. Si è presa un brutto raffreddore. Io ne approfitterò per controllare il posto che mi hai indicato. Anche se non capisco proprio come la clavicola possa essere finita in un canale. Ero convinto che fosse nascosta in una delle tre sinagoghe.

— Tutto quello che so è che ho seguito le tracce della clavicola da Gerusalemme a Babilonia, da Alessandria d'Egitto fino a Venezia. E le tracce conducono al canale della Madonna dell'Orto. Secondo le mie fonti, un membro della guardia nera saracena ritrovò la clavicola e cercò di riportarla al paese d'origine, ma fu accoppato da un sicario di Bisanzio all'oscuro del tesoro che il saraceno nascondeva. È vero che sono passati secoli da allora, ma cosa le costa fare un tentativo? Non siamo qui per questo?

— Dovrò aspettare che l'acqua scenda.

— Siamo a posto allora. Forte vento da sud, alta marea, pioggia in montagna e temporali sul mare: ci sono tutte le condizioni perché l'acqua alta non cali di un millimetro. E potrebbe non bastare un mese. Perché non si immerge?

— Vedrò quello che posso fare. Hai controllato l'attrezzatura?

Annuii. Prima mi fossi liberato di quell'individuo e prima avrei ricominciato a respirare. Appiattii le ali sulla schiena e mi dedicai alla chimica. Cercare di capire come un elemento liquido potesse diventare solido mi affascinava più che sforzarmi di comprendere la natura umana. E comunque mancava poco, poi avrei potuto strangolarlo con una mano sola.

A cena il papà di Lucilla si sforzò di essere premuroso. Le permise di ordinare solo una pasta al burro senza imporle complicate ricette regionali che avrebbero fatto la felicità del cuoco, ma non la sua. Evitò di avviare una conversazione falsa e convenevole. Si allontanò per andare in bagno facendo finta di scordarsi il cellulare sul tavolo, così da permetterle di parlare con sua nonna in Francia.

La mamma era stabile, così dicevano i medici. Non migliorava, ma nemmeno andava peggio. La pioggia aveva concesso una breve tregua e fra le nuvole era apparsa una falce di luna. Lucilla si sforzò di comprendere il dialetto ostrogoto e si rassegnò all'idea di dover andare a scuola lì, in mezzo ai barbari. Nella sua vecchia classe c'erano così tanti stranieri che quasi facevi fatica a parlare italiano e potevi far finta di vivere a Londra o a Parigi o a New York. Invece eccola lì, prigioniera nel museo delle cere.

Suo padre le propose una passeggiata approfittando della schiarita. Lucilla starnutì forse per la centesima volta e, mentre infilava la giacca, si domandò se suo padre non stesse cercando di ucciderla. Con l'acqua alle ginocchia s'incamminarono in direzione opposta al Canal Grande, verso i confini esterni della città. Turisti non se ne vedevano più. Lucilla li pensò sfiniti, nelle loro camere d'albergo, alle prese con pediluvi bollenti e suffumigi, e li invidiò con tutto il cuore.

— Possiamo fermarci un attimo? Sono proprio stanca.

Suo padre sobbalzò, come se fosse stato colto di sorpresa a fare qualcosa di sbagliato. Distolse lo sguardo dal bassorilievo con un buffo cammello mezzo sommerso dall'acqua e poi rispose: — Ma certo.

Si appoggiarono a una balaustra di pietra. La corrente nel canale scorreva impetuosa, gonfia delle piogge precedenti. Lucilla vide il suo viso, pallido e stanco e poi quello di suo padre, magro come un lampione. Tentò di immaginare cosa provasse quell'uomo freddo e strambo, ammalato di lavoro. Di colpo la solitudine di suo papà la colpì come un pugno. Fece un passo di lato e appoggiò la testa alla sua spalla. Vide il riflesso del suo viso sorridere. Poi lui tirò fuori dalla tasca una mano e la appoggiò sul braccio di Lucilla.

— Hai freddo?

— Adesso no. Sono solo stanca.

Giulio Moneta sospirò. — Ti ho fatto trottare, oggi.

— Già.

L'uomo annuì, poi riprese a fissare il cammello.

— Cosa ci fa un cammello a Venezia? — chiese Lucilla.

— Oh, è una storia lunga! — esclamò lui con una nuova luce negli occhi. Lucilla pensò che fosse contento che finalmente lei si interessasse a qualcosa.

— Venezia è stata per secoli la signora del mare, la patria del commercio. Questa spettacolare città, che sembra un graziosissimo ninnolo, è stata una potenza marittima astuta, feroce e indipendente il cui dominio si estendeva a est, dalle coste dalmate fino a Creta, superando in prestigio la capitale dell'Impero Romano d'Oriente, Bisanzio. Qui attraccavano i carichi delle merci più preziose, come le spezie che però erano leggere. Ecco perché i dogi obbligavano i capitani a zavorrare le navi, di proprietà della Serenissima, con pietre sottratte ai templi pagani o alle chiese diroccate. Qui hanno abitato e trafficato bizantini, ebrei, turchi, tedeschi e persino arabi, per secoli nemici giurati della Repubblica. Ecco perché puoi trovare così tanti simboli provenienti da altrettante culture. Venezia è un crogiuolo.

Pronunciò quell'ultima parola con tanta commozione, che Lucilla pensò che suo papà fosse nato chimico e che se avesse scelto qualsiasi altra occupazione sarebbe morto di crepacuore.

— Come va il lavoro?

— Lavoro? — fece eco lui, stupito. — Da quando ti interessa il mio lavoro?

— Da adesso?

Giulio Moneta abbassò gli occhi su quella figlia sorprendente. Forse il motto *mens sana in corpore sano* conteneva una verità. Aveva sgombrato le paturnie dalla testa della sua bambina con un po' di sana attività fisica e di cultura.

— Diciamo che sto lavorando a una ricerca.

Fece una pausa, nella quale Lucilla sollevò tutte e due le sopracciglia come a dire "tutto qui?", così continuò: — È una ricerca che altri prima di me hanno iniziato, ma mai concluso. Se riuscirò a trovare quello che sto cercando, diventerò l'uomo più importante e potente del mondo, anche se non vincerò il Nobel, perché nessuno lo saprà mai.

— Come sarebbe: nessuno lo saprà mai? Perché nessuno lo saprebbe mai?

Lui le tappò la bocca con la mano, ridendo.

— Frena la tua curiosità, fanciulla! Uno scienziato non rivela tutti i suoi segreti, nemmeno alla donna più importante della sua vita.

Lucilla ebbe improvvisamente voglia di piangere. Fece finta di starnutire e si soffiò il naso. Suo papà la guardò per un secondo, stiracchiò un sorriso imbarazzato e aggiunse: — Forza, adesso torniamo a casa. E mi raccomando, silenzio. Se qualcuno arriva prima di me al risultato, avrò buttato via quattro anni di lavoro, e anche qualcosa di molto più importante.

Lucilla non chiese che cosa potesse esserci di più importante del suo lavoro. Credeva di saperlo, anche se non le era permesso pronunciare il suo nome. Alzò lo sguardo verso la mezzaluna turca, già assediata da un nuovo battaglione di nuvole pronte a bombardare la città. Non sarebbe stato facile, di questo era più che certa, ma avrebbe fatto del proprio meglio. Prese sottobraccio suo papà e gli chiese di non farle vedere la cartina. Voleva provare a orientarsi da sola. Dopo mezz'ora di vagabondare si trovarono di fronte al mare, in un posto chiamato Fondamenta Nuove. Lucilla emise un gemito di frustrazione. Si era persa.

— Non scoraggiarti, andrà meglio la prossima volta — disse Giulio Moneta.

— Cosa c'è lì di fronte? — chiese sua figlia indicando un'ombra all'orizzonte.

— Laggiù c'è San Servolo, l'isola dei matti.

— Credevo di esserci già. Non è da matti costruire una città sull'acqua? È ovvio che tutta la baracca sta affondando.

Giulio Moneta ignorò il commento della figlia e continuò: — Una volta San Servolo era destinata solo ai matti ricchi. C'erano sale da tè per i visitatori, affacciate su un giardino curatissimo. Camerieri in livrea accudivano i pazienti e gli lucidavano le scarpe. Poi arrivò Napoleone Bonaparte che trasformò San Servolo in un ospedale pubblico. C'erano sempre tutti i confort per chi poteva pagarseli, mentre i poveracci stavano in stanze minuscole e luride, senza sbarre ma anche senza vetri alle finestre, per cui il vento gelido della laguna ti entrava nelle ossa da ottobre ad aprile.

— Un posto allegro. Ma ci sono ancora i matti rinchiusi?

— No, adesso a San Servolo ci tengono le ragazzine linguacciute — rispose Giulio Moneta.

Lucilla fece spallucce e indicò un altro punto, dove le sembrava di vedere delle luci in mezzo al mare.

— E laggiù cosa c'è?

— Quello è il cimitero. L'isola di San Michele.

Lucilla rabbrividì. Era stufa di racconti angoscianti o macabri. Di reliquie, prigioni, matti e morti. Con tutta la pioggia che era caduta, le bare potevano essere uscite dalla terra e forse stavano navigando verso la terraferma. Pensò che non potessero essere a tenuta stagna come le navi e immaginò i cadaveri sciaguattare dentro i catafalchi, con i teschi che sbattevano contro il legno.

— Andiamo via.

— Oh, ma non c'è niente di cui aver paura. La morte è solo un passaggio da uno stadio a un altro.

Mentre Lucilla pensava che se mai si fosse sposata, mai sarebbe stato con un chimico, notò una barchetta prendere il largo, in direzione delle isole.

Notò anche che il barcaiolo era poco più alto di lei e i suoi capelli castani fluttuavano al ritmo dei remi. Dovevano essere morbidissimi. Doveva essere bello passarci in mezzo le dita. In un angolo del suo cervello, si formò la convinzione che avesse una cicatrice sul sopracciglio. Nel frattempo, suo padre aveva sfoderato la cartina e la invitava a riportarlo a casa.

Maledetti piccioni! Mai che si facciano accoppare senza proteste. Mancava poco all'ora X. Bombole: controllate. Respiratore: controllato. Muta: bucata. Un piccolo contributo al malumore del mio socio. Immergersi nei canali è sempre stata una lotteria. Il primo premio è una brutta malattia. Fra topi, scarichi umani e petrolchimico, c'è da chiedersi se la passione dei veneziani per il pesce sia uno sfrontato gesto di sfida o un tentativo di suicidio. Chissenefrega. Io mangio per il gusto di sentire le ossa che scrocchiano, certo non per fame. Mi piace solo lo spumante. E poi mi sono assunto il compito di limitare la proliferazione di queste bestiacce scagazzanti. A chi piacerebbe essere usato come gabinetto da dei pennuti grassi e voraci?

Dopo lo spuntino, che consumai accucciato sul pavimento, mi dedicai alla ricerca del fantasma. Quella spiona poteva nascondersi ovunque, e la vibrazione della sua essenza camuffarsi con tutte le stregonerie collezionate in quella soffitta. Aumentai la potenza del gas sotto un fornello e mi guardai intorno. Quella stanza aveva un aspetto così lugubre e sciatto che, entrando, anche uno sciamano si sarebbe convertito alle scienze esatte. Nelle ampolle ribollivano liquidi schiumosi e ripugnanti. Scheletri di tutte le forme e dimensioni giacevano scomposti nelle teche impolverate. Libri dalla copertina avvelenata stavano sparpagliati ovunque. Io ero incaricato di voltare le pagine, uno dei lavori più noiosi della storia dell'alchimia, da sempre affidato alle creature più infime. Naturalmente, ero superiore a queste sciocche gerarchie, anche se più di una volta un jinn aveva cercato di provocarmi. Quelli lì si credono qualcuno solo perché vengono dalla terra dei Re Magi.

Fu a quel punto che le mie riflessioni furono interrotte da uno spostamento sospetto proprio sotto la credenza. Aguzzai la vista (io ne ho una sola, ma buonissima, mentre i vanesi jinn sostengono di averne sette). Una mano trasparente lanciò un sassolino nella mia direzione. Voleva attirare la mia attenzione? Mi accucciai inarcando la schiena. Le ali pronte a spalancarsi, gli artigli a ghermire, ma la mano sparì all'improvviso da dove era venuta. Decisi di lasciare la disinfestazione al mio socio e di andare a sgranchirmi le ali. Ero già zompato sul davanzale quando uno starnuto echeggiò dalla finestra al piano di sotto. La figlia dell'alchimista era rientrata con il padre da poche ore e già stava ficcando il naso dove non doveva. Eppure lui mi aveva assicurato di averla conquistata. La faccenda era chiusa, aveva detto: la pupattola non avrebbe più dato fastidio. Gli era bastato pronunciare una formula magica, quella che tutte le figlie sognano di sentirsi dire dal proprio padre.

Come al solito, non aveva capito un fico secco.

Lucilla si svegliò di soprassalto. Dal soffitto proveniva un suono terribile, come se qualcuno cercasse di tirare il collo a un piccione. Saltò giù dal letto e spalancò le persiane. Dalla soffitta proveniva una fioca luce. Aguzzando le orecchie le pareva di sentire un rumore di mandibole al lavoro. Rabbrividì, cercando di immaginare cosa diavolo stesse combinando suo padre. L'aveva sentito uscire molte ore prima. Di sicuro stava trafficando nel laboratorio.

A Milano era in cantina, lì in soffitta, ma in ogni caso, a Lucilla non era permesso metterci piede. Troppe sostanze pericolose e roba potenzialmente esplosiva. Per anni Lucilla aveva tremato all'idea di saltare per aria con tutta la casa a causa degli esperimenti di suo papà e un sacco di volte aveva sentito i genitori litigare a quel proposito, ma poi, con il tempo, si era abituata a convivere con quella paura e a considerarla alla stregua di un terremoto o di un'alluvione: possibile, ma non probabile.

E poi Lucilla non era una ragazzina curiosa. Le piaceva immaginare, più che scoprire. E aveva sempre immaginato il laboratorio come un posto noioso e freddo, proprio come suo padre. Che si fosse sbagliata?

Fu allora che un altro rumore colpì la sua attenzione. Abbassò lo sguardo sul signor Wehwalt che, proprio in quel momento, stava rientrando a casa. A causa dell'acqua alta pagaiava con calma olimpica a bordo di un kajak giallo in mezzo a quella che, in altre circostanze, sarebbe stata una strada. Arrivò alla finestra del salotto, legò una cima alla persiana e con un'agilità sorprendente saltò dentro la finestra.

Mentre Lucilla si domandava quali altre stranezze capitassero di notte in quella casa, un'ombra si allungò sulla superficie dell'acqua, proprio sotto i suoi occhi. L'ombra aveva lunghe orecchie a punta e due ali dalla forma inconfondibile. Era un enorme pipistrello! Uno starnuto poderoso la fece sbilanciare e dovette aggrapparsi con tutte e due le mani al davanzale, in preda alle vertigini. Quando tornò a sollevare la testa, l'ombra era sparita e il signor Wehwalt stava issando il kajak dentro casa.

Be', si disse Lucilla infilandosi a letto, suo papà in fondo aveva ragione. A ben guardare, per tutto esisteva una spiegazione scientifica. Nella soffitta vivevano dei pipistrelli. E le ombre sono sempre più grosse rispetto all'oggetto cui appartengono. Lo sapeva benissimo perché, da piccola, lei e sua mamma avevano costruito un teatrino delle ombre con la candela e tutto il resto.

Si appoggiò al cuscino, assaporando il tepore trattenuto dalle coperte. Poteva anche essere che in quell'assurda città i pipistrelli fossero un po' più robusti che nel resto del mondo. Forse bisticciavano con i piccioni per il controllo del territorio, il che spiegava lo schiamazzo di poco prima. Chiuse gli occhi appena più malinconica di quando si era svegliata e si addormentò.

Parte Seconda

Il negromante

Il mattino successivo, domenica, Lucilla rilevò che suo papà non le aveva lasciato messaggi. Il letto era intatto. Possibile che quella notte non fosse rientrato? Lucilla si sentiva la testa pesante e non poteva usare tutta la carta igienica rimasta per soffiarsi il naso. Decise di dedicare la mattina a svuotare gli ultimi scatoloni. Trovò i fazzoletti e sistemò i vestiti nell'armadio. Quando ebbe finito e lo stomaco iniziò a brontolare, si rese conto che era passata da un pezzo l'ora di pranzo, ma suo padre non era tornato. Si occupò di Gustavo, poi prese in considerazione l'idea di mangiare qualcosa al bar, ma, tanto per cambiare, pioveva a dirotto. Sentì un rumore sulle scale e si precipitò ad aprire la porta. Era un vicino che rientrava con il cane; di suo papà nemmeno l'ombra.

Sul pianerottolo, un profumino di soffritto le provocò un giramento di testa. Scese le scale, inseguendo il miraggio di un pranzo casalingo e si ritrovò al pianterreno. Senza pensarci un attimo, suonò il campanello. Leo Wehwalt la guardò con un'espressione diversa dal solito. Allarmata, pensò Lucilla con una certa soddisfazione.

— Chi ti ha insegnato ad attaccarti così al campanello? Sembravi la sirena dei pompieri.

— Buongiorno anche a lei. La disturbo? Cercavo sua sorella.

— È in bagno. Scusa se non ti faccio entrare, ma stavo pranzando e, sì, in effetti mi hai disturbato.

Lucilla pensò che sua mamma non sarebbe stata fiera di lei, sapendo che poteva odiare così intensamente un povero vecchio, per di più sopravvissuto alla Shoah. Dalla manica della camicia, infatti, spuntava un avambraccio bianchissimo con un numero tatuato. L'ultimo numero era tredici.

— Cos'hai da guardare? — ringhiò Leo senza spostarsi dalla porta.

— Scusi, è che sua sorella ha un numero uguale, a parte l'ultima cifra.

Leo Wehwalt abbassò precipitosamente la manica sul braccio.

— Non sono fatti tuoi.

Lucilla segnò mentalmente un punto a suo favore. Sorrise, ma proprio in quel momento il suo stomaco decise di lanciare un brontolio disperato. Prima che il vecchio potesse dire qualcosa di scortese sui morti di fame, la ragazzina salutò chiedendo di lasciare detto a Ruth che era passata a trovarla.

Poi, siccome era uscita in ciabatte, scartò l'idea di risalire in casa, infilarsi gli stivali, scendere giù per cinque piani, pranzare al bar e rientrare bagnata fino all'osso. Si rassegnò ad aspettare che suo padre tornasse con qualcosa da mangiare. Occupò il tempo piegando gli scatoloni vuoti sul pianerottolo: li avrebbe dati a Ruth per accendere il camino.

Un'ora dopo il trasloco era finito, ma la sua casa manteneva un aspetto squallido e senz'anima. Sembrava la cella di un monaco. Suo papà aveva liquidato tutto e senza chiederle se lei fosse d'accordo.

Aveva venduto tutte le cose della mamma. I gioielli che Lucilla aveva provato tante volte, immaginando il giorno in cui li avrebbe indossati, il servizio di piatti che si usava solo a Natale e le posate d'argento. Non c'era traccia dei lampadari, grossi come giostre, né dei quadri dell'amico pittore, dei tappeti e nemmeno dei bei mobili che profumavano di cera.

Aveva venduto la casa con vista sulla Madonnina che era appartenuta al ramo materno della famiglia dai tempi di Napoleone.

Per la seconda volta nella giornata, Lucilla si vergognò dei propri sentimenti. Suo papà non tornava e forse gli era già capitato qualcosa di brutto. Fece in tempo a chiedersi come sarebbe stato se Albertine Torcheux avesse sposato il suo primo fidanzato, quello che la nonna nominava portandosi la mano al cuore. Adesso sarebbe al cinquanta per cento diversa, magari per metà più brutta, ma al cento per cento felice. Invece sua mamma si era iscritta all'università e aveva conosciuto Giulio Moneta.

In quel momento, qualcuno suonò alla porta. Non poteva essere suo padre: lui aveva le chiavi. Si precipitò ad aprire con il cuore in gola, sperando e temendo di trovarsi di fronte un poliziotto con la faccia lunga e il cappello di suo papà sottobraccio. Invece era Ruth Wehwalt con un vassoio fra le mani e un sorriso stampato sulla faccia.

L'anziana signora si accomodò di fronte a Lucilla, mentre lei si avventava sul piatto di riso e piselli. Poi aprì un thermos e versò del tè caldo nelle tazze che aveva portato con sé.

— Hai già svuotato tutti gli scatoloni? — disse a un tratto, guardandosi intorno.

— Sì, non c'era molto — rispose Lucilla, quasi scusandosi.

— Immagino che le case moderne siano così: essenziali.

Lucilla si rallegrò che suo padre non fosse lì per dire qualcosa di sgradevole, o per sgridarla per aver fatto entrare un'estranea.

— Ti sei ammalata, per questo non sei a spasso con tuo papà? — chiese Ruth, mentre Lucilla si soffiava il naso per l'ennesima volta.

Cosa poteva rispondere? No, non è tornato a dormire. Forse è scappato con una ballerina brasiliana. Oppure è affogato in un canale o saltato per aria. Forse è talmente preso dalle sue ricerche che si è dimenticato di me. Dopo un lungo sospiro, però, disse solo: — Non lo vedo da ieri sera.

— Oh.

— Forse dovrei chiamare la polizia.

— La polizia!

— Magari gli è successo qualcosa... — continuò Lucilla, che tutto a un tratto aveva immaginato suo papà steso su un tavolo d'obitorio.

— Certo, ma non pensi a cosa succederebbe a te? — esclamò Ruth. — Vuoi finire in orfanotrofio?

— Dove?

— Pensaci: non hai parenti qui, tua nonna è vecchia e oltretutto vive in una casa di cura, in Francia. Come potrebbe occuparsi di te? Finirai dritta filata in uno di quegli istituti dove picchiano i ragazzi e gli rapano la testa a zero per via dei pidocchi — disse l'anziana signora con le lacrime agli occhi, lanciando un'occhiata carica di tristezza ai magnifici capelli biondi di Lucilla.

Improvvisamente, lei si sentì mancare la terra sotto i piedi. C'era qualcosa di strano in quel discorso, ma in fondo era davvero quasi sola al mondo e quella battuta di suo padre, sulle ragazzine e San Servolo, poteva contenere un fondo di verità. Era tipico di suo padre fornire informazioni sotto forma di scherzo e poi, siccome non l'avevi preso sul serio e ti eri cacciata nei guai, sentirti dire: "Peggio per te. Io ti avevo avvertito." Forse era davvero un posto dove trattenevano i minorenni, una specie di comunità per ragazzi disgraziati. Come si faceva a scappare da un'isola? E anche ammesso di riuscirci, dove avrebbe vissuto poi? In uno squallido scantinato, infestato dai topi? Costretta a rubare per vivere, scalza magari, come il ragazzo con la cicatrice?

— Senti, non ti viene in mente nessun posto dove potrebbe essere tuo papà?

— Nel suo laboratorio, forse. È in soffitta, ma io non ho il permesso di entrarci.

— Capisco, cara, ma questa è un'emergenza.

Lucilla non avrebbe mai sospettato che una così adorabile vecchina potesse nascondere tanta grinta. Nel giro di pochi minuti era scesa a casa sua e ne era risalita con una cassetta degli attrezzi grossa quanto un comodino. Indossava pesanti guanti da lavoro e un cappello di lana fatto ai ferri calcato sulla crocchia.

Aveva ignorato ogni protesta e fatto saltare il lucchetto della soffitta con un tronchese che, pensò Lucilla, doveva provenire dalla cripta segreta del dottor Frankenstein.

La porta si spalancò con un flebile cigolio. Alla luce della torcia, Lucilla non vide niente di strano. Il laboratorio di suo papà era esattamente come se lo aspettava: squallido, pieno di libri, alambicchi e strane robe dentro strani contenitori.

Ruth, invece, soffocò un gemito e mormorò a bassa voce: — Ohi, ohi, ragazza mia. Adesso sì che sei nei guai. Tuo papà è un negromante.

Ero nei guai, guai grossi. L'alchimista era sparito. Nascosto da un comignolo avevo scrutato il canale della Madonna dell'Orto nel quale si era immerso, ma non erano riaffiorati né la maschera, né le pinne, né un osso spolpato. Come facevo a sapere se era affogato? Adesso poi che era pieno giorno mi sarebbe toccato stare immobile come una statua chissà per quanto tempo. Pazienza, l'assassino poteva tornare sul luogo del delitto. Lo fanno sempre. Maledizione e stramaledizione, quel fesso si era fatto beccare. Quel ragazzino, nel frattempo, cominciava a darmi sui nervi. Sembrava incollato alla balaustra. Si può sapere cosa aveva da guardare? Perché non andava a lavorare, così poteva comprarsi un paio di scarpe? Mi inquinava la scena del crimine. Perché di questo si trattava, ne ero più che certo. Il mago era morto e io dovevo ricominciare daccapo.

Tutto in una lettera

Un negromante? — esclamò Lucilla. Per tutta risposta, Ruth infilò un paio di guanti da idraulico e sollevò un pesante libro dalla copertina intarsiata. Poi sussurrò: — Vedi questo? Ha le pagine avvelenate.

— *Pardon*?

— Avvelenate. È un trattato alchemico, non dei più significativi, peraltro. Non capisco il perché di questo dispositivo di difesa, a meno che non nasconda qualcos'altro...

Lucilla si lasciò cadere su uno sgabello. Le girava la testa e cominciava ad avere davvero paura. Inspiegabilmente, quella soffitta le sembrò di colpo sinistra e suo papà davvero in pericolo.

— Si può sapere lei cosa ne sa?

— Oh, semplice buonsenso. Nessuno avvelenerebbe un libro così banale, a meno che non nasconda qualche altro mistero...

— No, cosa ne sa lei di alchimia, cosa ne sa di negromanti o cosa cavolo!

La vecchia sollevò per un attimo lo sguardo dal libro per fissare Lucilla negli occhi. Aveva un'aria allarmata, come se nella sua testa un campanello stesse suonando all'impazzata. Per una frazione di secondo diventò l'immagine del fratello, solo pesantemente truccato. Poi sorrise e tornò a essere una premurosa, anziana signora.

— Sono vecchia, mia cara — disse — e i vecchi sanno un sacco di cose. Spesso più di quanto vorrebbero.

— Forse adesso dovrei chiamare la polizia.

— Oh, no! — esclamò Ruth diventando terribilmente pallida sotto la cipria. — Quasi tutto quello che vedi qua dentro è contrabbandato. Esiste una rete di ladri che si occupa di rubare e smerciare oggetti come questi.

Ruth sollevò un medaglione che raffigurava una donna con due bambini insanguinati in braccio.

— La maga Medea — spiegò Ruth. — La patrona degli alchimisti. Questo affarino ha un valore inestimabile. È un antico gioiello georgiano e so di gente capace di uccidere per averlo.

— Mio padre...

— Tuo padre è un ladro o un ricettatore. E traffica con esplosivi che nessuna persona sana di mente terrebbe in un solaio. Una scintilla, e tutta la casa potrebbe saltare in aria come un petardo. Basterebbe questo per sbatterlo in galera e buttare via la chiave. Mi dispiace che tu l'abbia scoperto così, cara. La buona notizia è che, siccome la polizia non ne sa niente, non può arrestarlo.

Lucilla deglutì a fatica. Cominciava a capire la portata dei guai in cui suo padre l'aveva cacciata. E sentiva che l'orfanotrofio non rappresentava la peggiore delle ipotesi. Se un poliziotto le avesse chiesto sotto giuramento se sapeva che suo padre nascondeva in casa degli esplosivi, lei avrebbe dovuto rispondere di sì. Questo faceva di lei una complice? Sapeva che esistevano prigioni per minorenni e sapeva che, anche se si chiamavano con un altro nome, erano posti orribili. Sentì che il sudore le stava inzuppando i capelli. Allora si schiarì la voce e disse: — Che cosa facciamo?

Ruth le appoggiò una mano sulla spalla, mentre il colore le tornava sulle guance. — Facciamo sparire gli esplosivi, richiudiamo questa soffitta e aspettiamo che tuo padre si faccia vivo.

Lucilla sospirò di sollievo. Ruth sapeva quello che andava fatto. E sembrava sicura che suo padre sarebbe tornato. Si sarebbe occupata di tutto. Nel frattempo, lei non sarebbe restata con le mani in mano. Sarebbe andata a cercare quel disastro di padre. Se non altro per cantargliele sul muso.

Fu a metà di quella risoluzione che, con la coda dell'occhio, vide qualcosa di luminoso in un angolo. Lanciò un urlo, quasi avesse visto un fantasma. Si alzò di scatto, facendo crollare di schianto lo sgabello. Ruth sussultò allarmata, afferrò un cacciavite e lo puntò verso la ragazza. — Che succede? — esclamò con un minaccioso tono baritonale che però Lucilla non notò, perché occupata da qualcosa di più importante. Aveva ritrovato il quadro di sua mamma. Lo sollevò senza fatica, anche se era pesantissimo. Con un sorriso che andava da un orecchio all'altro lo mostrò alla sua nuova amica. — Guardi, non è bellissima?

Ruth abbassò il cacciavite e la guardò con gli occhi umidi. — Sì, lo è. Quando abbiamo finito qui ti aiuto a portarlo a casa, vuoi?

Fino a sera Lucilla aiutò Ruth a separare gli esplosivi dagli oggetti preziosi. Riempirono due sacchi della spazzatura che la vecchia appoggiò contro il muro camminando in punta di piedi, come se il contenuto potesse esplodere al primo starnuto, e poiché Lucilla non smetteva di starnutire, fu tenuta a debita distanza. Lei poteva maneggiare tutto il resto eccetto i libri, perché c'era il rischio che fossero avvelenati. Le restava comunque una quantità di cose misteriose.

— Questo vaso è carino. Potrei metterci dentro Gustavo.

— Benedetta *putea,* quel vaso carino è un matraccio. Paracelso in persona portò in Svizzera il segreto di questo vetro particolarissimo con cui sono fabbricati i recipienti dell'opera alchemica.

Lucilla rivolse alla donna uno sguardo scocciato. — Non so chi sia questo Paracelso. E non mi ha ancora spiegato cosa c'è di male a essere un negromante.

Ruth abbassò un recipiente colmo di liquido oleoso e annuì con un'espressione molto seria negli occhi. — Hai ragione. I negromanti sono degli stregoni. Gente che usa la magia per evocare gli spiriti dei morti. Metà della roba che vedi qua dentro serve per acquisire potere dalle forze oscure. Paracelso, invece, fu un importantissimo medico e filosofo del Cinquecento. Era tedesco, ma visse a lungo anche a Ferrara, non lontano da qui. Ma cosa diavolo vi insegnano a scuola?

— Inglese, Internet...

— Oh, questo spiega tutto. Siete ignoranti come capre, *poareti*, ma non è colpa vostra.

Lucilla cominciava a sospettare che i due fratelli Wehwalt si somigliassero, in fondo, più di quanto volessero. Però la compagnia di Ruth era un toccasana per tutte le sue paure. Sembrava possedere un radar interno in grado di dirle quando la ragazzina stava per soffocare dall'ansia, e allora le mostrava qualcosa di eccezionalmente curioso. Era bravissima a darle un'informazione spaventosa e subito dopo una tranquillizzante. Era la nonna che qualsiasi ragazza con un minimo di sale in zucca avrebbe sognato, ma, soprattutto, sapeva cosa fare.

Lucilla decise di affidarsi a quella straordinaria signora che distingueva un vaso da un matraccio, sapeva chi fosse Paracelso e le preparava riso e piselli un secondo prima che stesse morendo di fame. E pazienza se a volte era un po' strana o scorbutica. In fondo, anche Lucilla sapeva di non avere un buon carattere. Altrimenti avrebbe avuto una vera amica alla quale telefonare per chiedere aiuto. Invece era sola e un po' era anche colpa sua. Guardò Ruth e le sorrise, piena di fiducia. Ruth avrebbe sistemato le cose.

— Sono esausta — disse a quel punto la donna massaggiandosi la schiena. Guardò fuori dalla finestra e soffocò un grido. — È tardissimo! Mio fratello sarà sulla strada di casa, e se non trova la cena pronta tra un minuto comincerà a chiedere in giro dove sono finita. E noi non vogliamo che ficchi il naso in affari non suoi, no davvero!

Lucilla si limitò a scuotere la testa, troppo stanca e confusa per aggiungere una parola.

— Coraggio, richiudiamo questo postaccio e torniamo ognuna a casa propria. Ho qua un lucchetto e due chiavi. Più tardi chiederò a Leo di buttare questi sacchi. Gli dirò che sono detersivi scaduti e che andrebbero portati in discarica. E mentre tu fai un bel bagno, io preparerò qualcosa di buono da mangiare.

Sulla porta di casa, Lucilla gettò un'occhiata speranzosa nel suo appartamento, ma era buio e silenzioso.

— Fatti forza, cara. Magari ora di stasera riceverai un messaggio di tuo papà.

Lucilla accese la luce in cucina, mentre Ruth faceva veloce un passo indietro, verso una zona in ombra sul pianerottolo. — Potrei avvertire mia nonna — disse Lucilla.

— Oh, ma di sicuro avviserebbe le autorità e tuo papà si troverebbe davvero nei pasticci. Perché non le telefoni solo per sapere come sta? Sono certa che sei abbastanza in gamba per cavartela senza darle delle preoccupazioni. Mi occuperò io di te, come se fossi un'altra nonna.

Fu a quel punto che Lucilla fece una cosa che mai si sarebbe aspettata. Appoggiò a terra il quadro, lasciò la porta aperta e corse a gettare le braccia al collo di Ruth. Si sollevò sulla punta dei piedi e le scoccò un bacio sulla guancia. Ruth restò pietrificata dalla sorpresa, poi si precipitò giù dalle scale borbottando qualcosa a proposito di cene e ritardi.

Lucilla rientrò a casa con due nuove certezze. Primo: sua mamma diceva che i legami di sangue non sempre diventano legami d'affetto, mentre quelli d'affetto diventano sempre legami di sangue. E aveva ragione. Infatti, sentiva di volere bene a quella vecchia e che avrebbe fatto qualsiasi cosa le avesse chiesto. Secondo: aspettare il più possibile a depilarsi, perché poi i peli ti ricrescono duri come setole. Chissà a che età aveva cominciato a levarsi i baffetti Ruth Wehwalt per avere un bacio così ruvido?

Decisi che non mi sarei mosso di lì finché non avessi trovato una tessera del mosaico rappresentato dalla sparizione dell'alchimista. Non che ci tenessi a lui, questo è chiaro, volevo solo scoprire chi altri fosse interessato alla clavicola e, eventualmente, mettermi al suo servizio. Se questo faceva di me un essere vile e traditore come un jinn, pazienza. Avevo ancora tutti gli artigli blu di arsenico a furia di sfogliare i libri avvelenati del mio ultimo, inetto socio in affari.

Il ragazzino scalzo continuava a lanciare sassi nel canale della Madonna dell'Orto anche con quel buio pesto. Accidenti, era bravo con quella fionda! Ormai era chiaro che stava aspettando qualcuno. Ogni due tiri alzava gli occhi verso le Fondamenta dei Mori. Chi l'aveva pagato per tener d'occhio il cadavere affogato del mago? O quello che si era immerso a cercare? C'era un nesso, ne ero sicuro. E infatti, quando ormai le ginocchia mi stavano entrando in bocca a furia di stare accucciato, si avvicinò qualcuno.

Un vecchio a bordo di un kajak. Mi sembrava di conoscerlo, ma non riuscivo a ricordare dove l'avessi visto. Il ragazzino gli lanciò un sasso molto vicino, forse era arrabbiato per qualcosa. L'imbarcazione attraccò e vidi i due parlare per qualche minuto, gesticolando. Il vecchio indicava i piedi nudi del ragazzo e sembrava stanco e arrabbiato. Poi gli porse una banconota che sparì nei jeans sfondati. Dopo di che, il ragazzo scappò via in direzione del mare, mentre il vecchio restò a pagaiare verso il bassorilievo col cammello di palazzo Mastelli.

Avevo sempre amato quel palazzo, anche ora che l'acqua alta nascondeva la fontanella moresca dove andavano a bere i gondolieri. Forse avrei dovuto seguire il cecchino con la fionda, ma ero sicuro di aver già visto quel tizio in kajak da qualche parte. Quella sensazione era la mia unica pista. Così, non appena il vecchio si diresse nella direzione dalla quale era venuto, decisi di non perderlo di vista. Strisciai sui coppi coperto dall'oscurità. Saltai di tetto in tetto, agile e silenzioso. La mia ombra sfrecciava sopra i canali come quella di un gigantesco uccello. Ci stavo quasi prendendo gusto, a quel volo balzelloni, quando il mio uomo accostò presso il muro di una casa che conoscevo molto bene. Issò la sua imbarcazione dalla finestra al pianterreno, nella torre degli alchimisti in ghetto.

Lucilla fece un bagno bollente, come le era stato consigliato. Canticchiò tutto il tempo per evitare di addormentarsi nella vasca, poi si asciugò, s'infilò nel pigiama e cercò un bel posto dove appendere il quadro. Decise che camera sua era l'ideale, proprio di fronte al letto. Diede da mangiare a Gustavo e poi iniziò a preoccuparsi perché Ruth non si era ancora fatta viva e lei si sentiva sola, spaventata e affamata. In che guaio si era cacciato suo padre? Non riuscendo più a reprimere l'ansia, scese i cinque piani che la separavano dalla sua amica. Bussò alla porta, ma nessuno rispose. Proprio in quel momento, il suo vicino di casa, un vecchietto in compagnia di un cagnolino, aprì il portone.

Le lanciò uno sguardo carico di sospetto e si affrettò su per le scale. Vergognandosi di essersi fatta trovare in pigiama, Lucilla disse con il suo tono più innocente: — Buonasera, sono Lucilla Moneta. Vivo nell'appartamento di fronte al suo.

Il vecchio frugò nella tasca della giacca ed estrasse un paio di occhiali borbottando: — Ah, ciao. La mia vista peggiora, scusa se non ti ho riconosciuta.

— Non fa niente. Sto cercando Ruth, l'ha vista, per caso?

— Chi?

— Ruth Wehwalt.

— Io conosco solo Leone Wehwalt. Un signore molto perbene. Non ha mai dato fastidi.

Lucilla sospirò maledicendo in cuor suo la vecchiaia e gli acciacchi connessi. Specialmente la miopia. Ringraziò e aiutò il suo vicino a salire le scale. Le sembrò di metterci un secolo. Poi si sedette in cucina ad ammirare il medaglione con la figura di Medea che si era messa in tasca quel pomeriggio. Stava pensando a chi avrebbe potuto venderlo, in modo da mettere insieme i soldi necessari per un viaggio da sua mamma, quando sentì un leggerissimo rumore alla porta. Si precipitò ad aprire. Era Leo con il vassoio fra le mani.

— Sei sola? — chiese a bruciapelo.

— Sì, dov'è Ruth? — disse Lucilla facendosi da parte perché, senza chiedere permesso, Leo si era già infilato in casa richiudendo la porta.

— Si è addormentata in poltrona. L'ho lasciata dormire perché sembrava distrutta. Si può sapere cosa le hai fatto fare, tutto il pomeriggio?

— Mi ha aiutata a riordinare la soffitta — rispose Lucilla. Era molto soddisfatta che Ruth avesse tenuto la bocca chiusa.

— Be', affari suoi. Ti ha preparato bistecca e insalata. Non è molto, ma è più di quello che ha cucinato a me. Cos'è, ti ha adottato?

— Siamo amiche.

Leo sbuffò. — Amici? Chiudi due amici in una stanza senza cibo per una settimana. Allora scoprirai che cos'è l'amicizia.

Lucilla pensò che fosse stato il numero nascosto sotto la manica della camicia a parlare. Sapeva che chi era stato in campo di concentramento ne aveva passate di tutti i colori, e tentò disperatamente di non odiare quel vecchio con la faccia stanchissima e le occhiaie. Ma non ci riuscì. Voleva solo che lui e tutta la sua amarezza se ne andassero e lasciassero il posto a Ruth. Le venne in mente una delle frasi che sua mamma ripeteva sempre per giustificare il comportamento delle persone cattive: "Chi passa attraverso il fuoco della sofferenza ne esce amaro come la cenere o lucido come l'oro." Sembrava fatta apposta per Leo e Ruth Wehwalt.

— Grazie per la cena — riuscì a dire, compiacendosi moltissimo per la propria gentilezza. Lo faceva per Ruth, e per la mamma.

Leo rispose con un gesto distratto, come se lei fosse solo un gatto noioso cui avesse gettato degli avanzi. Aveva già la mano sulla maniglia, quando si fermò di botto. — Oh, stavo per dimenticare questa. Era fuori dalla porta. L'ho calpestata, ma *naturalmente* non ho fatto apposta. Ah, mia sorella ti manda questo libro. È un prestito, però.

Mise un libro con la copertina colorata sul mobile dell'ingresso e il cuore di Lucilla fece un balzo. Sopra la copertina era appoggiata una lettera.

La rilesse così tante volte che la bistecca diventò fredda e l'insalata molle. Lucilla rideva, piangeva e più di una volta si alzò dalla sedia per ballare intorno al tavolo. Suo papà le aveva scritto, proprio come aveva detto Ruth. La lettera era scritta a macchina e senza francobollo, segno che era stata recapitata a mano.

Mia adorata bambina,
perdona la mia precipitosa sparizione, ma affari urgenti hanno richiesto la mia presenza altrove. Sto bene e tornerò presto, non preoccuparti. Al mio ritorno dovremo parlare di tante cose. So di non essermi comportato bene, anzi, mi sono dimostrato insensibile e crudele. Ti ho tenuto nascosta una parte della mia vita, pensando che tu fossi troppo piccola per capire. Mi sbagliavo.
Ora devo andare, i miei informatori riferiscono che ti sei fidata di una donna. Evidentemente, è degna della tua fiducia, quindi della mia. Ti abbraccio, tornerò presto e insieme ci prenderemo cura della

mamma. Non ho mai smesso di amarla, così come amo te.

Tuo papà

Lucilla pianse ancora per mezz'ora. Poi mangiò la sua cena, chiuse a chiave la porta di casa e si mise a letto. Aveva gli occhi talmente gonfi che quasi non riusciva a tenerli aperti e si sentiva esausta. Lanciò uno sguardo al quadro e, sospirando, scivolò nel sonno.

Dormiva così sodo che le ci volle un sacco di tempo per svegliarsi. Stava sognando che un cannone sparava colpi contro la sua finestra, ma quella non cedeva. Fece in tempo a chiedersi quando fosse scoppiata la guerra e perché lei non ne sapesse niente prima di capire che, davvero, qualcuno stava bussando alla sua finestra e sembrava avere due sassi al posto dei pugni. Non perse tempo a infilarsi la vestaglia, forse suo papà stava cercando di rientrare di nascosto da lì, come Arsenio Lupin. Si può quindi immaginare la sua sorpresa quando una voce cavernosa e sconosciuta sibilò: — Allora, ti decidi a farmi entrare? Non posso stare appeso qui fuori in eterno.

Solo un brutto sogno?

Lo ammetto, fu una bella soddisfazione. Quando saltai dentro la sua cameretta, tutto lucido di umidità, la biondina fece un balzo indietro e cascò sul letto, dove mi affrettai a bloccarla con gli artigli. La scrutai con gelide pupille di granito, pensando che come minimo sarebbe svenuta dalla paura. Invece quella sfacciata sospirò e disse con quella sua insopportabile erre moscia: — Ok, è solo un brutto sogno, adesso mi sveglio.

Ho già detto quanto mi irrita che qualcuno sottolinei il mio disgraziato aspetto? Be', adesso l'ho detto. In quel momento avrei voluto prendere a schiaffi quel suo bel faccino, ma l'avrei ridotto in poltiglia e sapevo anche che avevo bisogno di lei per risolvere felicemente l'infelice situazione attuale. Per cui mi feci forza e dissi solo: — Non stai sognando, ma ti assicuro che se non farai quello che dico, vivrai qualcosa di molto peggio di un incubo.

La frase era troppo lunga e di scarso effetto drammatico, lo so, ma si deve capire quanto mi scocciasse dovermi affidare a quella smorfiosa. Lei spalancò gli occhioni e sussurrò: — Non mi dire che sei vero!

— Puoi scommetterci, carina.

Mi guardò a lungo con un'espressione seria e concentrata, ma non svenne né urlò. Va detto: sembrava molto più intelligente di suo padre.

— Io ti ho già visto. Alla finestra della soffitta, accanto a mio papà.

— Brava. Adesso, se mi prometti di non strillare o scappare — dissi — ti lascio.

Lei si limitò ad annuire. Poi si appoggiò ai cuscini e incrociò le braccia sul petto.

— Così tu saresti l'informatore di mio padre?

— Informatore?

— Oh, insomma! Qualsiasi cosa tu sia, lavori per mio padre, vero?

Ero infastidito dalla sua prontezza, ma soprattutto sorpreso.

— Sì, sono il suo socio.

L'espressione della mocciosa meritava un ceffone ma, come ho già detto, mi ero ripromesso di non torcerle un capello. Per il momento. Tanto per mettere le cose in chiaro, aggiunsi: — Sono una gargolla, attualmente.

— Questo l'ho capito. Quello che non capisco è come fai a essere vivo. — Poi, dopo una pausa aggiunse: — Perché sei vivo, vero?

— Certo che sono vivo! Cosa credi che sia, un ologramma?

— Oh, scusa tanto! Non capita tutti i giorni che una bestiaccia di pietra con le ali e le orecchie a punta si sieda sul mio letto. Anzi, già che ci sei, perché non ti accomodi da un'altra parte?

Era più intelligente di suo padre, ma ugualmente maleducata. Arretrai fino alla scrivania, dove mi sedetti accavallando con noncuranza le zampe ungulate e sorvolai sull'espressione "bestiaccia". Avremmo sistemato i conti più tardi.

— Dov'è tuo padre?

— Pensavo che me l'avresti detto tu. È sparito e tutto quello che mi ha lasciato è quella lettera — disse la bertuccia indicando un foglio proprio sotto il mio sedere. Lo lessi in meno di un minuto. Chiaramente non poteva averla scritta lui. Nemmeno in dieci vite Giulio Moneta avrebbe potuto provare tanto affetto.

— Chi te l'ha data? Non ha il francobollo.

— Il signor Wehwalt, un signore ebreo che abita al pianterreno. L'ha trovata sulla porta.

— Mmm...

— Mmm, cosa?

— È battuta a macchina. Non possiamo essere sicuri che l'abbia scritta tuo padre.

L'espressione sicura che aveva stampata sulla faccia si sgretolò. Con tutta la sua intelligenza, non aveva preso in considerazione quell'ipotesi. E in un recesso della sua testolina forse anche lei sapeva che sul quel foglio erano scritte un mucchio di balle. Lo ripeto, era intelligente.

— E allora chi...

— Può averla scritta chiunque, ma sospetto il vecchio che te l'ha portata. Per caso è alto e magro, con i capelli bianchi e gli occhi azzurri? Naso aquilino e faccia odiosa?

Annuì mordendosi il labbro inferiore. Ottimo sistema per ricacciare indietro, senza successo, le lacrime.

— Senti, non frignare. Vedi come sono scritte le "P"? La macchina che ha scritto questa lettera è difettosa. Troviamo la macchina e avremo il colpevole. Questo è lavoro investigativo, della miglior qualità. Ritroveremo tuo padre e sistemeremo tutto, va bene?

— Sì.

— Bene, e adesso dimmi: che cosa sai del lavoro di tuo padre?

— È un chimico... un negromante.

Drizzai le orecchie. La faccenda diventava complicata. Difficilmente un non addetto ai lavori usa quell'espressione. Di solito i tizi come Moneta si autodefiniscono alchimisti, mentre il resto del mondo li chiama maghi o ciarlatani. Chi le aveva suggerito quella parola?

— Chi te l'ha detto? — sibilai.

La pupa restò zitta per un secondo, come paralizzata. Non si fidava di me, per cui decisi di dare un'accelerata alla conversazione.

— Oh, capisco, è un tuo segretuccio. Molto bene, arrangiati allora. Cerca tuo padre da sola e poi fammi sapere. Lui sa dove trovarmi.

Con uno zompo raggiunsi la finestra. Spalancai le ali e iniziai a sbatterle, producendo una specie di tormenta nella stanza. Contai fino a dieci per darle il tempo di strisciare ai miei piedi implorando perdono. Invece sentii la sua vocetta dire: — Non credo che papà avrà più bisogno del tuo aiuto. Adesso che so chi è, ci penserò io.

Questo era davvero troppo! Mi voltai sfoderando la mia espressione migliore: pura malevolenza. Le orecchie appiattite dietro le corna, le zanne scoperte. La coda luciferina sferzava l'aria come una frusta. Ero l'immagine del demonio, del terrore inesplicabile. Mi avevano scolpito per quello. La ragazzina spalancò tanto d'occhi, poi aprì la bocca per dire: — Di che razza sei? Una specie di mastino napoletano?

Lo ammetto, mi caddero le braccia.

— Sono una gargolla — sibilai. — Ma prima ero un leone.

— *Pardon?*

— Ecco, se vogliamo andare d'accordo, non parlarmi mai in francese. Io odio i francesi.

Sembrò offesa. Adesso eravamo pari, così continuai: — Sono stati i francesi a ridurmi così. Una volta ero un leone di San Marco, con il mio bel vangelo sotto la zampa, la criniera e tutto il resto.

— Oh.

— Oh?

— Insomma, è piuttosto incredibile, non ti pare? — Finalmente si era decisa ad alzarsi dal letto e si era avvicinata con aria curiosa. — Come facevi a essere un leone? Ma soprattutto come fai a essere vivo?

— Quando i francesi sono arrivati qui, con Napoleone, hanno cercato di distruggere tutti i simboli della Repubblica di Venezia. Statue, bassorilievi, tutto quanto. Io sono stato tirato giù dal mio piedistallo e trasformato da uno sciagurato scalpellino in una gargolla. Fui trasportato a Parigi per sostituire una collega di Nôtre Dame.

— Interessante... — fece lei, ma io la vidi reprimere uno sbadiglio.

— Lì ho conosciuto il mio primo mago.

Ecco fatto: la scimmietta era tornata attenta. Si sedette sul bordo del letto e mi fissò negli occhi.

— Hai conosciuto tanti maghi? Oltre a mio padre, ovviamente.

— Il tuo sfortunato padre è stato l'ultimo di una lunga lista. Il primo mi ha dato la capacità di esprimere i miei pensieri e di muovermi, l'ultimo avrebbe dovuto riportarmi alla mia forma originale.

A quel punto lanciò un fischio da carrettiere davvero impressionante. Era l'ultima cosa che volevo, ma cominciava a piacermi. Un pochino.

— Però, quanto sono potenti i maghi!

— I maghi non hanno potere in sé — ringhiai. — Sono solo dei parassiti che sfruttano quello degli esseri magici. Jinn, geni, fate, tutta gente resa schiava da qualche incantesimo. Come credi che facessero a volare certi tappeti? C'era un genio cacciato dentro a forza. Questo me l'ha detto un jinn che ho conosciuto a Londra. Le streghe persiane erano famose per i loro tappeti volanti.

— Quindi anche tu sei un genio? Tipo quello della lampada? Ti hanno imprigionato dentro una statua?

— Non dire eresie! Io non sono un vile jinn. Io sono l'espressione di una forza primordiale, purissima e antichissima — dissi. — Intorno al 1220 l'imperatore Federico II di Svevia voleva guidare alle crociate un esercito invincibile. Sapeva che si poteva scolpire una statua e poi evocare lo spirito di un angelo o un demone perché l'animasse. Mise all'opera tutti i suoi maghi, ma non risulta che ottenne qualcosa. Più di cinquecento anni dopo, un altro imperatore, quel nanetto di Napoleone Bonaparte, ebbe la stessa idea. Convocò a Parigi un famoso alchimista. L'alchimista scelse una statua che potesse incutere terrore e sgomento nei nemici, me. Utilizzò un antico rito ed evocò uno spirito per occupare la mia anima perché nessun mago, per quanto potente, può crearne una. L'alchimista morì d'infarto non appena io aprii bocca per maledirlo, dopodiché, prima che a qualcuno potesse venire in mente di scalpellarmi a morte per vedere come funzionavo, presi il volo e cercai il modo di liberarmi da queste sgraziate forme. Sono stato al servizio di molti maghi, e alla fine ho lavorato con tuo padre. Io voglio tornare a essere un maestoso, orgoglioso, fiero leone veneziano, comodamente assiso sul mio piedistallo.

La ragazzina inclinò la testa di lato e mi fissò accigliata, tirando su con il naso. Potevo quasi vedere i suoi pensieri andare e venire dentro quella bionda testolina.

— Così tu non conosci la tua anima? Non sai se le tue azioni sono decise da un angelo o da un demone?

— Perché, tu lo sai? — sibilai. — Tu sei sicura che ti comporterai sempre nel migliore dei modi possibili?

La ragazzina sollevò le spalle con aria di sufficienza. Io l'ignorai ed evitai di cercare una risposta che nessun umano aveva saputo darmi. Inoltre, l'unica cosa che mi interessava davvero era l'esistenza, da qualche parte lì a Venezia, di un talismano in grado di erigere templi e palazzi nel giro di una notte, di innalzare condottieri mediocri al rango di miti, capace di volgere le sorti di ogni battaglia a favore di chiunque perché i jinn combattevano al suo fianco, l'unico che mi avrebbe restituito la mia forma leonina (aumentando anche un po' le dimensioni. Quel cretino di scalpellino per cambiarmi da leone a gargolla aveva ridotto di parecchio il mio giro vita, se capite la metafora. Un altro po' di lavoro e mi avrebbe consegnato all'eternità della misura di un nano da giardino, che il cielo lo strafulmini anche da morto).

Adesso, lì di fronte a me, c'era la figlia dell'alchimista che fino a quel momento c'era arrivato più vicino. Nel frattempo mi ero scocciato di farmi molestare da una tizia in pigiama, così dissi: — Faremo così. Tu cercherai di scoprire se quello che sospetto è vero e se il vecchio del pianterreno ha qualcosa a che fare con la sparizione di tuo papà. — Notare con quanta attenzione evitassi le parole *morto* e *affogato*. — Io continuerò a cercarlo in città. Non può essere sparito. A proposito, visto che dovremo frequentarci — aggiunsi già sul davanzale della finestra — come ti chiami?

— Mi chiamo Lucilla — rispose lei.

La gargolla scosse la testa e sorrise. — Sul serio? Che nome pretenzioso — sibilò facendo fischiare l'aria tra i denti di pietra. — Direi che rispecchia il carattere.

Un secondo dopo, si lanciò dalla finestra. Lucilla corse a vedere, mentre il vento sollevato dalle ali della creatura le sbatteva i capelli sul viso. Vide un'ombra sfrecciare sgraziata fra le case, sfiorandole a una velocità paurosa. Reprimendo un attacco di vertigini, si pizzicò le braccia per accertarsi d'essere sveglia. Contro ogni logica, non stava sognando. Scuotendo la testa, richiuse le imposte e si infilò sotto le coperte. Il freddo nella sua stanza era insopportabile. Il raffreddore si stava trasformando in tosse e nella sua testa, già stordita dai troppi starnuti, i pensieri ronzavano come un alveare incattivito.

Cercò di riordinare le idee come poteva. In effetti, aveva visto quella creatura prima d'allora, ed era insieme a suo padre. Inoltre aveva letto abbastanza libri in cui la magia esisteva e risolveva le situazioni più assurde. Perché non poteva capitare anche a lei? Suo padre era una specie di stregone e il fatto che praticasse una sorta di magia nera spiegava un sacco di cose. Che fosse malvagio, per esempio. Che sua mamma lo volesse lasciare. Il tutto però poteva rivolgersi a suo vantaggio. Avrebbe ritrovato suo padre e poi l'avrebbe costretto a fare qualcosa per la mamma. Se poteva trasformare una gargolla in un leone, di sicuro poteva guarire sua madre. Lei era umana, in fin dei conti, solo molto malata. Doveva semplicemente stare attenta e non dire più di quanto fosse prudente dire. Suo papà aveva mantenuto il suo segreto per tutta la vita, lei avrebbe benissimo potuto tacere a Ruth l'incontro con la gargolla. Tanto, dubitava che le avrebbe creduto.

Carciofi fritti

Quando aprì gli occhi, il mattino successivo, splendeva il sole. Fuori dalla finestra la città appariva trasformata. L'acqua nelle calli era scesa di almeno mezzo metro e il selciato era pulito e lucido. Tutti i tetti brillavano tirati a specchio e la gente per strada sorrideva. Sembrava che si fosse rotto un crudele incantesimo e che il mondo fosse tornato un posto accogliente nel quale vivere. Stropicciandosi gli occhi, Lucilla si chiese se il miracolo non avesse a che fare con la sparizione di suo padre. Fuori dalla porta trovò un thermos pieno di tè al latte, delle fette di pane imburrato e una tessera telefonica per le chiamate internazionali. Ruth non si era dimenticata di lei. Insieme alla colazione trovò anche una lettera della fabbrica che aveva assunto Giulio Moneta. Diceva che se non si fosse presentato come da accordo, sarebbe stato licenziato.

Lucilla poteva aggiungere anche quella all'elenco delle sue preoccupazioni, oppure stracciare la lettera e vestirsi per uscire. Gironzolò per il quartiere, scoprendo che con il bel tempo era molto più difficile perdersi. Non si sentiva più sola e abbandonata, ma padrona del proprio destino. Mentre rifletteva su come affrontare quella nuova situazione, vide Leo Wehwalt che si trascinava per le strade del ghetto carico di borse della spesa. Si fermò un attimo sotto la targa affissa al muro. Si asciugò gli occhi con la manica della giacca e poi proseguì verso di lei, che aspettava che qualcuno le aprisse il portone. Ancora le mancava la chiave dell'ingresso, ma si era ripromessa di chiederla a Ruth quel pomeriggio.

Il vecchio la vide e, a sorpresa, le sorrise. — Ecco qua la pupilla di mia sorella. Renditi utile e reggi questa borsa. Pesa un quintale.

Lucilla obbedì, chiedendosi se davvero Leo Wehwalt, con le sue quattro ossa, avesse rapito suo papà.

— Cosa c'è dentro? — chiese quando si accorse che lui la fissava.

— Il tuo pranzo, e il mio. Carciofi fritti. Cos'è quella faccia? Non ti piacciono?

— No, è che noi non mangiamo mai cibi fritti. Fanno male alla salute.

Leo Wehwalt soffocò una risata. — Dovrai rassegnarti a cambiare abitudini. Qui da noi il fritto piace da matti. Friggiamo il pesce, le polpette, i carciofi e tutto quello che si muove e ha un aspetto commestibile. Se Bambi passasse da Venezia, friggeremmo anche lui.

Nel frattempo era entrato in casa. Prima di chiudersi la porta alle spalle, aggiunse: — Ruth ti aspetta a mezzogiorno. Non un minuto più tardi, altrimenti i carciofi si freddano.

Ottimo! Non aveva bisogno di scuse per intrufolarsi a casa Wehwalt e cercare la macchina per scrivere. Avrebbe occupato il tempo che le rimaneva telefonando a sua nonna. Tutto marciava secondo i piani. Presto avrebbe riacciuffato suo padre, ma, nel frattempo, poteva fare quello che le pareva, finalmente.

Sua nonna stava bene, la mamma era stazionaria. Lucilla uscì dalla cabina e passeggiò per qualche minuto, lasciando che la portassero i piedi. Si fermò in una larga piazza, con panchine asciutte e deserte. Lì non c'era traccia del fasto un po' opprimente dei palazzi sul Canal Grande, né quella calca che le faceva mancare il fiato. Solo una chiesa modesta e alberi disposti in cerchio che cominciavano a perdere le foglie. Alcuni bambini andavano in monopattino lanciando strilli entusiasti. Senza genitori, nonne o baby-sitter in vista. Si sorprese pensando che doveva essere bello crescere in un posto senza auto e senza semafori, dove l'unico rischio era finire dentro un canale.

Comprò un mazzo di fiori per Ruth, poi si sedette a un bar e ordinò un caffè. Il cameriere la guardò stupito e un po' indeciso sul da farsi, ma poi, siccome lei appoggiò i soldi sul tavolo e in fondo non era proibito che una ragazzina bevesse un espresso, le portò ciò che aveva chiesto. Lucilla era euforica. Suo papà non le mancava anche perché, nel profondo del cuore, sapeva che l'avrebbe rivisto presto. Poteva godersi il sole sul viso e gli sguardi dei passanti che immaginava ammirati per la sua autonomia. Un attimo prima che il campanile battesse mezzogiorno, era davanti al suo portone. Chiamò finché Ruth non le aprì. Casa Wehwalt era inondata di sole e profumava di cera per i pavimenti. La tavola era già apparecchiata e, proprio nel mezzo, troneggiava un'enorme teglia di carciofi fritti. Ruth sedeva in poltrona con un librone sulle ginocchia.

— Cosa sta leggendo di bello? — chiese Lucilla.

Ruth sollevò lo sguardo dalle pagine e rispose: — Sto studiando.

Lucilla appoggiò i fiori e si avvicinò per guardare. Quella signora non finiva di stupirla. Come si faceva ad aver ancora voglia di studiare a settant'anni suonati? Il libro era voluminoso e dalle pagine ingiallite si sollevava un odore acido e sconosciuto, un misto di polvere e sudore. I caratteri erano minuscoli e fitti; a margine Lucilla notò una quantità di annotazioni scritte con una grafia tutta spigoli.

— Che cos'è quello? Sembra un uomo in piedi — disse Lucilla indicando una serie di caratteri messi in verticale.

Ruth la guardò a lungo prima di parlare. Sembrava che stesse scegliendo le parole una a una, pesandole, misurandole e solo alla fine giudicandole adatte allo scopo che aveva in mente.

— È lo Shem-ha Méphorash. L'avevi già visto prima, da qualche altra parte?

Lucilla scosse la testa, così Ruth continuò: — È il nome divino regalato a Mosè. Quando le lettere sono disposte così, una sull'altra, viene considerato l'immagine dell'uomo primordiale. Hai mai pensato di studiare qualcosa di più serio di Internet e inglese? Credo che tu sia molto portata per... per certe materie.

— Quali materie?

— Diciamo... non convenzionali.

Lucilla si limitò a sorridere, ma dentro il suo cuore l'ambizione esultava. Suo padre nemmeno le faceva mettere piede dentro il suo stupido antro, Ruth invece la stimava. Poi, ricordandosi della missione da compiere, appoggiò una mano sulla spalla di Ruth ancora seduta e disse con un sorriso innocente: — Posso lavarmi le mani?

Voleva cominciare senza destare sospetti la ricerca della macchina per scrivere. Quella di incastrare Leo era una prospettiva esaltante. Ruth, come lei, sarebbe stata molto meglio sola. Il bagno era grande ma, a sorpresa, disordinatissimo. Schiuma da barba e rasoio insieme a cosmetici e forcine. Un solo accappatoio e asciugamani di un solo colore. Che i due fratelli se li scambiassero la riempì di disgusto. In casa sua ognuno aveva i propri e Lucilla pensò che, forse, se i Wehwalt fossero stati più ricchi, avrebbero avuto abitudini più igieniche. Si fermò a guardare una foto di Ruth da giovane, incastrata nella cornice dello specchio. Si truccava ancora come allora, con le labbra rosse e un sacco di cipria. Persino la pettinatura era la stessa.

— Ero carina?

Lucilla sobbalzò schizzando tutto lo specchio di acqua e sapone. Ruth era dietro di lei e la guardava con un'espressione che non riuscì a decifrare.

Lucilla arrossì, poi afferrò l'asciugamano che Ruth le porgeva farfugliando qualcosa.

— Sì — continuò Ruth con lo sguardo vacuo — carina e coraggiosa. Un po' come te. Avevo appena compiuto diciannove anni quando scattarono questa foto.

— Cosa faceva a quei tempi? Era all'università?

— No, agli ebrei non era permesso. Però studiavo lo stesso, con un rabbino.

— E poi?

— E poi cosa?

— Che ne so? Aveva un fidanzato? Andava a ballare?

Ruth scoppiò a ridere. — Mia cara, quelli erano tempi tristi e io ero troppo impegnata sui libri.

— E Leo cosa faceva?

La vecchia signora abbassò gli occhi, quasi si vergognasse di quello che stava per dire. Si passò una mano sugli occhi, spalmando di ombretto azzurro un sopracciglio e rispose: — Lui mi copiava, soprattutto. Mi stava sempre attaccato alle sottane per scoprire come mai fossi più intelligente di lui. Non riusciva a farsene una ragione, credo. Adesso, però, andiamo a tavola. I carciofi freddi restano sullo stomaco.

Tornando verso la tavola imbandita, Lucilla provò ad aprire tutte le porte, ridacchiando, come se si trattasse di un gioco infantile. La prima dava su una minuscola stanza da letto, con un solo comodino e un cassettone. La seconda su un ripostiglio; la scaffalatura era coperta di libri. La terza era chiusa: quello era lo studio di Leo, dove dormiva su una poltrona letto, le spiegò Ruth. Lui la chiudeva sempre a chiave: dall'interno quando c'era e dall'esterno quando usciva. Ruth nemmeno si ricordava la disposizione dei mobili, non ci metteva piede da trent'anni. Quando vide il mazzo di fiori, la vecchietta emise un gridolino di felicità. Aveva gli occhi lucidi e Lucilla notò che le tremavano le mani mentre sistemava le margherite nel vaso.

Quindi si sedettero una di fronte all'altra, sforzandosi di camuffare la reciproca commozione e gratitudine. Lucilla non si sentiva così importante per qualcuno da un secolo, ma consumò il pranzo cercando di guardarsi attorno con studiata indifferenza.

— Non aspettiamo Leo per mangiare?

— Oh, ormai l'avrai capito: non è molto socievole. Ha mangiato da solo e poi è uscito per incontrare degli amici, non so di preciso. Tu invece, cosa farai oggi pomeriggio? Forse dovresti andare a vedere la tua nuova scuola.

— Non ci penso nemmeno.

Ruth scoppiò a ridere e, per un attimo, sembrò di nuovo la ragazza nella foto, poi aggiunse: — Se non vuoi che qualche professoressa ficcanaso si insospettisca, dovrai frequentare le lezioni e devo avvisarti che cominciano presto. Scommetto che non sai nemmeno che libri portare.

Lucilla sentì il sangue sparirle dalla faccia.

— Non preoccuparti. Leo era un insegnante, una volta. Gli chiederò di informarsi.

— Possiamo parlare d'altro? La scuola mi fa venire l'orticaria.

— Va bene. Allora, cosa pensi di fare oggi? Leo rientrerà presto e non sarebbe contento di trovarti qui.

Lucilla aveva dato per scontato di poter passare il pomeriggio con Ruth. Di aspettare che si appisolasse per curiosare in giro. E poi non aveva nessun altro con cui passare il tempo, se si esclude la gargolla che, però, aveva abitudini notturne.

— Potremmo fare una passeggiata.

— Non credo, bambina mia. Io non esco mai. Non conosco più nessuno, mi fa tristezza. Leo fa tutte le commissioni. E poi non puoi passare il tempo con una vecchietta come me. Sai cosa potresti fare? Cercarti degli amici della tua età.

Nella mente di Lucilla si accese una lampadina.

Ruth, come al solito, le aveva fornito la soluzione. Un amico della sua età era proprio quello che le serviva.

Salutò Ruth promettendole che avrebbe fatto proprio così. Tutto quello che le occorreva era un'esca.

La donna di picche

Per mettere in atto il suo piano di riserva, doveva prima passare da casa. Mise in tasca la chiave del portone che le aveva dato Ruth e risalì svelta le scale. Frugò dentro tutti i cassetti finché non trovò la catenina d'oro che aveva ricevuto per la prima comunione, e che era riuscita a salvare dalle grinfie di papà. Ci infilò il medaglione con la maga Medea e nascose tutto sotto il giubbotto. Poi corse a prendere il vaporetto che portava in piazza San Marco. Come aveva previsto, di fronte alla basilica stazionava una folla di turisti. Sciolse la treccia per essere più appariscente, aprì la giacca e girò il medaglione in modo che la parte dorata brillasse sotto i raggi del sole. Passeggiò sotto i portici specchiandosi nelle vetrine, ma del suo futuro nuovo amico, nessuna traccia. Era maledettamente bravo, considerò. Dopo mezz'ora di su e giù, decise che l'amo era stato lanciato. A quel punto poteva fermarsi e aspettare che il pesce abboccasse. Si fermò sotto la statua del leone, guardando con finta indifferenza verso la laguna. Il cuore le batteva forte, perché sapeva di non poter fallire. Avrebbe dovuto essere molto veloce. In ogni caso, più veloce di lui.

Dopo un'attesa che parve eterna, finalmente lo vide avvicinarsi. Camminava con calma, come se pensasse ad altro. Lucilla si impose di restare immobile, le mani in tasca. Quando sentì lo strappo della catenina sul collo, era già pronta a scattare. Afferrò prima la manica di una giacca, poi una mano ruvida e callosa.

Il ragazzino con la cicatrice sul sopracciglio, cui apparteneva la mano, spalancò la bocca. Impiegò almeno dieci secondi per riprendersi dallo stupore, dopodiché cercò di liberarsi a strattoni, esattamente come avrebbe fatto un pesce preso all'amo e con lo stesso, inutile risultato. Lucilla lo stava trattenendo con entrambe le mani e un'espressione tutt'altro che amichevole negli occhi.

— Molla il medaglione o mi metto a strillare — sibilò lei, guardando il ragazzo dritto in faccia. — Ho un affare da proporti.

Avevo affidato ad *Astutilla* un compito facile, ma la mia voce interiore mi assicurava che sarei rimasto deluso. Comunque non potevo fare tutto da solo, quindi non avevo altra scelta che chiedere il suo aiuto. Era l'unica persona al mondo che si sarebbe interessata alla ricerca senza chiedere niente in cambio oltre al ritrovamento del genitore. O almeno, così pensavo. Sorvolai la mia città in lungo e in largo approfittando della notte. A Venezia esistono tre luoghi magici per eccellenza. Sono luoghi nascosti che solo noi addetti ai lavori conosciamo. Forse lì avrei raccolto qualche notizia. In calle dell'Amor degli Amici ascoltai la conversazione fra due maghi che, con l'aiuto di una squadra di fate saracene, volevano rinforzare le fondamenta di un palazzo. Speculazioni immobiliari. A San Geremia, in calle dei Marrani, due vecchi incartapecoriti studiavano il modo di ricreare un Golem da utilizzare come buttafuori in una discoteca. Manodopera a costo zero. Vicino al ponte delle Maravegie un gruppo di streghe stava discutendo l'inaugurazione di un centro estetico dove una parvenza di eterna giovinezza veniva garantita da un incantesimo temporaneo.

Soldi, soldi e ancora soldi, ma nessuna traccia del mio alchimista. Eppure andava in giro così carico di amuleti e talismani, che qualcosa doveva per forza essere stato ritrovato e messo sul mercato nero dei manufatti magici. Insomma, quel demonio non poteva essersi volatilizzato come un soffio di vento! E anche se le pantegane veneziane possono divorare un cadavere prima ancora che si raffreddi, almeno un osso doveva saltare fuori!

Depresso, decisi di tornare sulla scena del delitto. Il canale della Madonna dell'Orto era silenzioso e deserto, avvolto dalla nebbia. Mi appollaiai su un comignolo, godendomi la sensazione di calduccio fra le scapole e fu lì che, osservando le quattro statue dei fratelli Mastelli, ebbi l'illuminazione. Finalmente il mistero era svelato, anche se ben lungi dall'essere risolto.

Lucilla aveva messo a segno un bel colpo contattando il suo complice con tanta facilità, ma non poteva dire lo stesso a proposito della trattativa. Tutto sembrò filare liscio, da principio, perché Dimitri, così si chiamava il ragazzo con la cicatrice, si dichiarò disposto a sottrarre una macchina per scrivere in cambio del medaglione. Poi accompagnò Lucilla a casa. Primo, perché doveva sapere quale appartamento svaligiare; secondo, perché altrimenti Lucilla non sarebbe mai riuscita a tornare indietro da sola. La nebbia si era sollevata rapida dalla laguna, coprendo cose e persone, cancellando ogni forma e riflesso. I vaporetti avevano smesso di funzionare e solo i gondolieri, che saprebbero muoversi per i canali anche bendati, garantivano un servizio pagato a peso d'oro. Dimitri, il quale al momento calzava degli scarponi enormi e una giacchetta leggera, guidò Lucilla con la sicurezza di un cieco. Era davvero ammirata. Lei non solo non vedeva nulla, ma nemmeno sentiva altro rumore che non fosse lo sciaguattare delle barche ormeggiate agli approdi e gli urli: "Attenta a dove metti i piedi!" che riceveva in faccia tutte le volte che andava a sbattere contro un passante. L'olfatto coglieva un unico odore: umido. Avrebbe potuto cascare dentro un paiolo di baccalà senza accorgersene. I turisti sembravano dissolti nella nebbia e la città era abbandonata ai soli abitanti abbastanza coraggiosi da sfidare la sorte e rischiare di affogare in un canale. La sensazione di onnipotenza che aveva provato non più tardi di quella mattina era dissolta. Accelerò il passo per non perdere la sua guida, seguendo il rumore degli scarponi sul selciato. Con un guizzo afferrò la mano di Dimitri e lui sussultò, come se non fosse abituato a quel genere di contatto. Lo strattonò per fargli capire che doveva rallentare e Dimitri, con grande sollievo di Lucilla, rallentò, ma non per la ragione che credeva lei.

Il ragazzo si abbassò, senza lasciarle la mano. Raccolse da terra una carta da gioco, con gli occhi che ridevano.

— Che te ne fai? È tutta sporca...

— Le colleziono. Sto cercando di formare un mazzo intero. Questa, però, ce l'ho già. È il simbolo di Venezia, porta fortuna — aggiunse porgendole la donna di picche.

— Ti va una cioccolata? — disse lei a bruciapelo, reggendo la carta per un angolo. Era troppo schizzinosa per infilarla nella tasca della giacca a vento, però non voleva inimicarsi il suo nuovo, carinissimo complice. — Fa un freddo cane.

Il ragazzo esitò, poi rispose: — No, non posso pagare.

Lucilla spalancò la bocca, ma non disse niente. Era deliziata dalla sincerità del suo nuovo socio e dal fatto che non cercasse di farsi bello ai suoi occhi. I suoi compagni di scuola avrebbero venduto anche la nonna per ricevere un suo invito. La sua vecchia scrivania aveva un cassetto che straripava di cartoline di San Valentino e ridicoli regalini. Decise che valeva la pena insistere. In fondo, doveva conoscere meglio il ragazzo al quale stava affidando una missione così delicata.

— Offro io. Basteranno otto euro? È tutto quello che ho in tasca.

— Sì, se ordino io.

Così tornarono sui propri passi ed entrarono in un bar. Il cameriere lanciò un'occhiata sospettosa a Dimitri, un'altra rincuorata a Lucilla, poi li fece sedere vicino alla stufetta elettrica.

— Allora ti chiami Dimitri, e poi?

— Dimitri e basta.

Non sarebbe stato facile, pensò Lucilla con un mezzo sorriso. Gli guardò le mani screpolate poggiate sul tavolo. I suoi compagni di classe avrebbero detto di lui che era un tipo che se la "sfangava", cioè che doveva arrangiarsi, nella vita. Imbarazzata, nascose le sue, morbide e bianche, nelle tasche della giacca a vento.

— Sei russo?

Il ragazzo sbuffò, ma poi, alla vista della cioccolata calda, sembrò rilassarsi un po'.

— No. Mia mamma era convinta che papà fosse un marinaio russo, solo perché lui non le ha mai parlato in italiano. In realtà era di Malamocco.

— Oh.
— Mia mamma era una pittrice spagnola, venuta qui senza un soldo in tasca. Non vendette mai un quadro, si ammalò ai polmoni e mi lasciò con mio padre.
— Ah, quindi adesso vivi da lui.
Dimitri stiracchiò la bocca. Poteva quasi sembrare un sorriso, ma non lo era.
— In un certo senso, sì.
Poi si mise a guardare fuori dalla finestra anche se, almeno in apparenza, non c'era da vedere altro che una coltre grigia e impenetrabile. I convenevoli erano finiti.
— Come si chiama il tizio?
— Chi?
— Quello della macchina per scrivere.
— Ah, quello. Leo Wehwalt, sta al ghetto, sotto il mio appartamento.
Dimitri si voltò di scatto, gli occhi scuri spalancati. L'accenno di pomo d'Adamo andava su e giù.
— Cosa c'è? Lo conosci?
— Non se ne fa più niente. Non lo faccio.
Lucilla avvampò. Quello era tradimento e, per di più, dopo aver bevuto la cioccolata.
— Non puoi tirarti indietro. Abbiamo fatto un patto.
— Ti manderò qualcuno che lo faccia al posto mio.
— No.
— Non decidi tu.

— Ah, davvero? Vuoi che mi metta a urlare che stai cercando di portarmi via il portafogli? Vuoi finire nei guai?

Dimitri la fissò per un attimo lunghissimo, gli occhi stretti come due fessure. Era incastrato fra il tavolo e il muro, impossibilitato a scappare. Il cameriere avrebbe creduto a lei, così carina e ben vestita, non a lui. Strinse i pugni finché le nocche non diventarono bianche, poi sibilò: — Lo sapevo. Quelle come te sono fatte così. Va bene, ruberò quell'affare, ma ti costerà molto di più.

— Non c'è problema — rispose Lucilla, anche se non sapeva assolutamente dove trovare quel "molto di più" che stava promettendo. Mentre il ragazzo si alzava e inforcava la porta, si chiese cosa intendesse dire con "fatte così", ma sospettava che la risposta non le sarebbe piaciuta.

Lucilla superò in punta di piedi il pianerottolo dove abitavano i fratelli Wehwalt. Non voleva parlare con Ruth. Si sentiva troppo in colpa. Era intirizzita e stanca, e poi doveva rimediare qualcosa con cui pagare il suo complice. Pochi minuti prima, Dimitri l'aveva abbandonata nella piazza principale del ghetto. Le aveva detto che si sarebbero rivisti in Fondamenta Nuove di fronte all'isola di San Michele, la sera successiva. Le disse anche, con un tono che a Lucilla non piacque per niente, di portare qualcosa di molto prezioso.

— Si può sapere perché? Non sarà mica difficile derubare un vecchietto? — aveva detto lei.

Dimitri si era stretto nella giacca, poi si era avvicinato per sussurrarle all'orecchio: — In quella casa ci sono i fantasmi...

Lucilla era scoppiata a ridere. Era la scusa più cretina che avesse mai sentito in vita sua. L'alito del ragazzo, però, sapeva ancora di cioccolata e lei si era ritrovata a domandarsi se, magari, nemmeno lui avesse mai baciato qualcuno. Senza aggiungere una parola, Dimitri si era voltato sui tacchi e dissolto nella nebbia.

— Ehi, aspetta! Come faccio a tornare a casa? Ormai è tardi, è buio! — aveva strillato Lucilla. Lui non si era preoccupato nemmeno di risponderle.

Lucilla guardò la donna di picche e, per una frazione di secondo, fu tentata di buttarla via. Poi ricordò l'espressione di Dimitri quando l'aveva raccolta da terra, ma, soprattutto, quando gliela aveva regalata. Riluttante, la infilò nella tasca dei pantaloni. Alzò gli occhi, cercando la casa più alta del ghetto, ma tutto intorno era uniformemente grigio. Il mondo si era rivoltato come un guanto e in giro non si vedeva anima viva.

Lucilla si fece coraggio e mosse un paio di passi in una direzione qualsiasi. Andò a sbattere contro un muro. Massaggiandosi la spalla, scoprì che era quello con la targa. Un altro giorno sarebbe tornata a leggere tutti i nomi scritti sopra, ma non ora. Era troppo felice di essersi mossa nella direzione giusta. Tenendo la mano appoggiata al muro, camminò piano, cercando di non finire a tradimento su una cacca di cane o in un tombino. Quando arrivò al portone, dovette reprimere un urlo di trionfo. Ce l'aveva fatta!

L'idea che suo papà potesse essere a casa, comodamente seduto in poltrona, non le sfiorò nemmeno l'anticamera del cervello. Era sicura che solo lei potesse risolvere il mistero nel quale era finita. Salì le scale in punta di piedi e aprì piano la porta della soffitta. In mezzo a tutto quel ciarpame, di sicuro avrebbe trovato qualcosa con cui pagare Dimitri. Appoggiò le dita sull'interruttore quando, all'improvviso, la stanza rimbombò come se fosse stata colpita da un missile. Almeno una dozzina di alambicchi si schiantarono a terra, sparando frammenti di vetro in tutte le direzioni. Si sentirono porte che si aprivano, voci spaventate che gridavano: — Aiuto! Il terremoto! — come nel 1976. Poi, siccome non seguirono altre scosse, tutto tornò alla normalità, le porte si richiusero e scese un silenzio di tomba interrotto solo da un sordo imprecare, caratterizzato da una esse sibilante, fuori dalla finestra.

Stupida scervellata! Mi aveva chiuso fuori. Secondo lei come facevo ad andare e venire? Suonavo il campanello? Mi ero andato a schiantare contro le imposte come un tornado. L'urto mi aveva fatto rimbalzare sul tetto e, per non volare giù come un sacco, mi ero appeso alla grondaia scollandola di almeno un metro. La mocciosa aveva aperto le imposte proprio mentre me ne stavo lì penzoloni. Spalancò quegli insopportabili occhioni verdi e sospirò: — Ah, sei tu?

Imprecando, mi diedi una spinta con le ali e mi infilai nella soffitta. Quello che vidi mi fece così imbestialire, che in confronto la cornata alla persiana passò in secondo piano. Lei stava ancora esaminando i due buchi nel legno delle imposte quando cominciai a urlare: — Cos'è successo qui? Chi ha sabotato il laboratorio?

Mi guardò allibita per un secondo, poi assunse un'espressione corrucciata e rispose: — Porca miseria, chiudi quella bocca! Vuoi far arrivare anche i pompieri?

Serrai bruscamente le mascelle. Poi presi a digrignare i denti producendo uno stridio insopportabile, in confronto al quale il gesso sulla lavagna è un sollucchero.

— Oh, finiscila. Abbiamo fatto solo un po' d'ordine. Qui si rischiava di saltare in aria al primo soffio di vento.

— Chi ha fatto ordine?

— Io e Ruth, la gemella del vecchio che secondo te ha a che fare con il rapimento di papà.

— Tu-hai-portato-qui-la-sorella-del-vecchio?

Fece un passo indietro. — Non c'è nessun bisogno di arrabbiarsi. Sì, l'ho fatta salire. Che ne sapevo io di quello che nascondeva mio papà?

Odiavo che avesse ragione. Io, però, ero furente lo stesso. Non c'era più un libro al proprio posto e quelli veramente importanti erano spariti. Ogni cassetto era stato aperto, ogni angolo rovistato. Gli elementi indispensabili per il lavoro di un alchimista anche di quart'ordine erano scomparsi. I pochi recipienti alchemici residui erano sparsi in mille pezzi sul pavimento. Il sabotaggio era stato operato con criterio. Chi aveva messo le mani lassù sapeva il fatto suo.

— Siamo nei guai, pupa.

— Pupa?

— È la prima parte della frase che dovrebbe colpirti. Questa tizia sa che cosa faceva qui tuo padre.

— Ma certo. Me l'ha detto lei che è un negromante.

Il mazzo dei tarocchi in osso di balena che stavo mescolando per darmi un contegno mi sfuggì dagli artigli.

— E me lo dici così? Non ti è venuto in mente che possa essere complice del fratello?

Lei sorrise e scosse la testa. La coda di cavallo si sciolse formando una criniera bionda. Sentii di odiarla dal profondo del mio cuore di pietra.

— No, lei non c'entra, ne sono sicura — disse con un sorriso angelico. — È diversissima da suo fratello, come il giorno dalla notte.

Capii che non era possibile inculcare un po' di elementare buonsenso in quella testolina. Così mi feci forza e dissi: — Va bene, ci penseremo più tardi. Hai fatto in modo di rubare la macchina per scrivere?

Ricevuta risposta affermativa, continuai: — Sei coperta abbastanza? Fuori fa freddo.

— Uscire? Oh, no! Sono stata in giro tutto il pomeriggio e ho già la tosse, non senti?

Certo, sembrava un trattore ingolfato. Ma era un problema suo, o sbaglio?

— Be', e allora? Adesso fai parte a tutti gli effetti di questa città: bronchi marci, piedi palmati e l'ossessione per i carciofi fritti. Ecco che cosa fa di un uomo un veneziano.

— Io sono una ragazza.

— Meglio, in questo caso basta il catarro. Sei pronta per farti un bel volo? Andiamo da tuo padre.

— Non capisco — farfugliò Lucilla, torcendosi una ciocca di capelli. Alle sue spalle, un acuto squittio la fece sobbalzare. La gargolla fece un passo verso di lei, strizzando gli occhi come un gatto.

— Allora, ti spicci? Guarda che non abbiamo tutta la notte.

— Davvero hai trovato mio padre?

— Proprio così, e se sua signoria avesse la compiacenza di montarmi sulla groppa, potremmo andare subito da lui.

La ragazzina rimase immobile vicino all'interruttore, che non aveva pigiato. L'unica luce nella stanza proveniva da un fioco lampione che irradiava nella nebbia un alone color pipì.

— Non stai dicendo che dobbiamo volare, vero? Non sul serio?

Le spalle della gargolla si abbassarono di colpo, e la creatura le rivolse uno sguardo esasperato. — Senti, bellezza, io e tuo padre abbiamo girato mezza Europa con questo sistema. E non ha mai voluto indietro il prezzo del biglietto, se capisci la metafora.

Lucilla non voleva confessare che soffriva di vertigini e che la sola idea di montare sulla schiena di quell'essere per buttarsi giù dalla finestra le faceva venire il mal di mare. Possibile che non ci fosse altro sistema per riabbracciare suo papà?

— Non potremmo andare a piedi?

— Credi che possa andare a passeggio per le strade come se niente fosse? Non so se te ne sei accorta, ma per me è un po' difficile passare inosservato.

— Potresti essere scambiato per un grosso cane.

— Prego?

— Dai, si vedono dei cani così... così assurdi in giro. Con grosse orecchie, senza orecchie. Con la coda, senza coda...

— Con le ali...

— Quelle possiamo coprirle con un cappottino.

— Cappottino! — sbraitò la gargolla. — Io non indosserò mai un ridicolo cappottino. E adesso, se non vuoi rivedere tuo padre, affari tuoi. Mi hai stufato.

Detto questo, la creatura si allontanò trascinando le zampe dotate di artigli sul pavimento. Il rumore era insopportabile. Raggiunse con tutta calma il davanzale della finestra, e si accucciò. Lanciò un altro sguardo alla ragazza, scosse la grossa testa e fece per aprire le ali.

— Fermo, aspetta! — gridò Lucilla un attimo prima che la bestia spiccasse il volo. — Va bene, vengo.

Con un sorriso compiaciuto, la gargolla fece un ampio gesto con la zampa, quasi volesse dire: *accomodati.*

Lucilla inspirò, si tirò sulla testa il cappuccio della giacca a vento e, tossendo in modo molto drammatico, si mise cavalcioni.

— Metti le gambe lì... no, non sopra le ali, dietro. Ecco, non è difficile. Poi attaccati bene al mio collo. Senza stringere! Ci sei? Ce l'hai una sciarpa? Bene, partiamo. Sarà l'esperienza più eccitante della tua vita. Sei mai stata sulle montagne russe? Ecco, è un miliardo di volte meglio — sibilò la gargolla afferrandole le caviglie con le dita di pietra.

Lucilla annuì e, mentalmente, perché nemmeno sotto tortura avrebbe mollato la presa, si fece il segno della croce.

Non appena la tonnellata di pietra si lanciò giù, fendendo l'aria umida come un cacciatorpediniere, un'altra ragazza comparve nella soffitta. Era lattiginosa ed evanescente. Poteva avere più o meno vent'anni. Fluttuò verso la finestra e rimase a guardare la gargolla e la giovane passeggera avvinghiata al suo collo finché non scomparvero nella nebbia. Poi svanì, silenziosa com'era arrivata.

Pietrificati!

L'aria gelata colpì Lucilla in faccia, facendole lacrimare gli occhi. Il cappuccio volò all'indietro. Fece per aprire bocca e gridare, ma un potente getto d'aria le gonfiò le guance ricacciandole l'urlo in gola. La nebbia rendeva impossibile distinguere i contorni delle cose che, comunque, a quella velocità, si sarebbero ridotte a un indistinto caleidoscopio di finestre e cornicioni. La cosa forse più spaventosa era il fischio che producevano sfrecciando in caduta libera. Era sempre più forte, sempre più acuto, simile a una bomba sganciata da un aereo da guerra. Non stavano volando, pensò Lucilla, erano in *picchiata*. Cercò di appiattirsi contro il dorso della bestia, tentando di non farsi strappare via dalla brutalità delle leggi della fisica. Poi, un attimo prima che le sue dita cedessero, scollandosi dal collo della gargolla, quella spalancò le ali con uno schiocco. Impennò, sterzò per evitare una veranda e riprese quota. Lucilla voltò la testa. Alle sue spalle si vedeva un tunnel scavato nella nebbia che si richiudeva in silenzio, cancellando ogni traccia del loro passaggio. La gargolla adesso volava a zigzag fra le case, scomposta e sbatacchiante come uno pterodattilo. Sorvolarono a volo radente una chiesa scompaginando le tegole del campanile, poi la creatura si mise in stallo e cominciò a planare dolcemente verso il basso. Con le zampe posteriori penzoloni, dondolava come una grottesca altalena, rivolgendo alla passeggera avvinghiata al suo collo un sorriso divertito.

— Siamo arrivati. Bello, eh? Di' la verità, non ti aspettavi che fosse così eccitante!

Lucilla non riuscì a dire una sola parola. Mugugnò qualcosa di incomprensibile, che venne interpretato come un assenso, e la conversazione non riprese finché non toccarono terra.

— Questo è palazzo Mastelli — disse la gargolla indicando un edificio dal profilo indistinto. — E queste sono le statue degli antichi proprietari, i tre fratelli Rioba, Afani e Sandi.

Lucilla scosse la testa, incredula. Quella bestia l'aveva portata lì in gita turistica? Sentì la faccia diventarle bollente, poi di nuovo gelata.

— Tu... tu... — balbettò, incapace di dare un senso alla rabbia che le saliva agli occhi.

— Io, con immenso piacere, ti presento la nuova versione di tuo padre: moretto di Venezia.

Lei, ancora malferma sulle gambe, si voltò nella direzione indicata. Fece un passo avanti. Un banco di nebbia si spostò fluttuando, scoprendo una quarta statua incastonata, come le altre, in una nicchia nel muro. Indossava un voluminoso turbante e una specie di tunica. Era stortignaccola e un po' corrosa dallo smog e dalle intemperie. Ma la faccia, senza ombra di dubbio, era quella di Giulio Moneta.

Per la prima volta da quando l'avevo conosciuta, notai una somiglianza con suo padre. Stava lì a bocca aperta, un'espressione a metà fra l'orripilato e lo stupito. E tutti e due erano pietrificati. Una in senso metaforico, l'altro era stato trasformato in statua sul serio. Su chi potesse aver messo a segno quel bel colpo, ormai avevo pochi dubbi. Il vecchio che ronzava lì intorno, che aveva consegnato la lettera falsa con l'aiuto di quella Ruth, magari all'insaputa delle vere intenzioni del fratello. La macchina per scrivere avrebbe svelato l'identità del colpevole, ma non come avesse fatto. Io però un'idea ce l'avevo e mi ripromettevo di spiegarla alla mocciosa non appena avesse dato cenni di vita. I quali però tardavano. Dopo almeno cinque minuti di attesa mi venne il dubbio che nel muro potesse nascondersi un basilisco. Questo avrebbe rivoluzionato la mia teoria e spiegato come mai la ragazza avesse quella faccia basita. Purtroppo contro lo sguardo assassino del basilisco non esistono antidoti e allora, presto, anche lei sarebbe diventata un'attrazione turistica come i fratelli Mastelli. Mi avvicinai per ispezionare la nicchia dove stazionava, in una posa ridicola che però gli donava assai, il mio ex socio.

— Cosa fai? — esclamò *Astutilla* sussultando, nemmeno l'avesse colpita un fulmine. Ok, non era pietrificata sul serio.

— Controllo che non ci siano basilischi nascosti nel muro — risposi.

Già mi apprestavo a dover fornire una dettagliata spiegazione su come funzionano quelle creature formidabili, aspettandomi un sacco di domande, quando lei inspirò, chiuse gli occhi per un attimo e poi disse: — Non può essere. I basilischi pietrificano chi li guarda, quindi mio padre dovrebbe darci le spalle. Se ha incrociato gli occhi del basilisco mentre osservava il palazzo, non ci starebbe di fronte. E poi perché avrebbe dovuto andare in giro vestito così?

Perbacco! Quella ragazzina era un'arma di distruzione di massa su due gambe. Non solo era bellissima, ma aveva un cervello che pompava a mille all'ora.

— Brava! Risposta esatta!

Si voltò verso di me, tirando su col naso: — Cos'era, un test?

Ottimo. Era intelligente, ma non furba, se capite la sottigliezza. Comunque, decisi che eravamo rimasti lì imbambolati fin troppo e, anche se una delle caratteristiche di noi gargolle è la capacità di restare per ore perfettamente immobili, questo non significa che ci piaccia.

Le toccai con delicatezza la spalla. Lei abbassò la testa, quasi avesse capito quello che stavo per dirle.

— Non possiamo fare niente per lui, adesso. Ci sono tante cose da capire, da scoprire. Ma riusciremo a sistemare tutto — dissi con il tono più rassicurante che mi riusciva. Falso, falso, falso.

Alzò gli occhi verso di me. Anche se rossi e lucidi, avrebbero fatto schiattare d'invidia una fata. Il labbro inferiore le tremò appena e qualcosa dentro di me mi costrinse a dire: — Te lo prometto.

Dopo di che, maledicendomi in aramaico per quello che avevo appena detto, aggiunsi: — Dobbiamo andarcene di qui, non è un posto sicuro.

Lei annuì, poi si coprì i capelli con il cappuccio e restò ad aspettare istruzioni. Potevo caricarmela sulla groppa e partire con una rincorsa bestiale, seguita da un decollo atomico. Invece, le passai un braccio intorno alla vita, le dissi di reggersi forte e poi, aiutandomi con il braccio libero, mi arrampicai lungo una grondaia.

Lo sapevo come andavano a finire quel genere di storie, pensavo, mentre lei appoggiava la testa alla mia spalla e faceva di tutto perché non mi accorgessi che stava piangendo. La bella e la bestia, King Kong e la bionda, il Golem e la fanciulla, il gobbo e la zingara Esmeralda: tutti brutti ceffi finiti male. Se non stavo attento, quella lì mi avrebbe rigirato come un calzino. Dovevo concentrarmi sulla missione e pensare sempre, ardentemente, al mio cuore leonino. Possibile che la vita in quelle orrende fattezze avesse, alla fine, reso la mia anima simile al mio aspetto? Ero diventato, dentro e fuori, un essere grottesco e patetico?

Perso nelle mie riflessioni, non mi accorsi subito di aver raggiunto il tetto e per un po' procedetti gattonando finché la mia passeggera, la quale ormai stava lucidando le tegole con il fondoschiena, sussurrò: — Non credi che adesso potremmo fermarci?

Rabbrividii, sentendo che l'insopportabile erre moscia suonava già alle mie orecchie come un campanellino di cristallo. La scaricai giù senza tanti complimenti.

— Ahia!

— Ops, scusa. Non ho fatto apposta. — Falso, falso, falso.

Ci sedemmo accanto a una canna fumaria. Lei appoggiò la schiena e sospirò di piacere al contatto con la superficie tiepida. Sotto di noi, dalla nebbia sbucavano il campanile a cipolla di una chiesa e una processione di comignoli. Sembrava una città incantata, sospesa fra le nuvole. La luna brillava al di sopra di tutto, rendendo la scena insopportabilmente sentimentale. Dovevo riportare la faccenda alla realtà.

— Secondo me tuo padre è incappato nel proprietario dell'oggetto che stavamo cercando da più di quattro anni: la leggendaria clavicola di re Salomone.

— Cosa? — esclamò lei. — Mio padre è finito nei guai per colpa di un osso? Ci saranno almeno un milione di reliquie in questa città, abbastanza per costruire un nuovo Frankenstein. Mio padre è diventato di pietra per colpa di una clavicola?

Adesso era il mio turno di sospirare. — La clavicola che cerchiamo noi non è un osso. È un talismano, il più potente della storia della magia.

Lei guardò per un istante verso un punto all'orizzonte, verso il muro dove era imprigionato suo padre. Ero sicuro che stesse cercando di riordinare i pensieri. Un'altra avrebbe dato in escandescenze, farfugliando frasi sconclusionate e picchiando i pugni a terra. Lei, invece, disse solo: — Ricomincia dal principio, ti dispiace?

Cosa potevo fare? Ero caduto vittima dell'incantesimo più potente del mondo.

— Clavicola significa "piccola chiave". Tutti gli alchimisti la conoscono, almeno di fama. È un insieme di formule magiche antichissime. La tradizione la fa risalire addirittura a Souleyman Ebn Daud, cioè re Salomone, l'uomo più saggio di tutti i figli d'Oriente. Grazie alla clavicola era in grado di comandare i jinn e i djinn, i geni buoni e quelli cattivi, che mise all'opera per edificare il tempio di Gerusalemme e per scavare le sue favolose miniere. Pare fu merito della clavicola se il sant'uomo comprese che la regina di Saba in realtà era un demone, per via dei piedi pelosi.

— Scusa?

— Va bene, questo è un pettegolezzo. Comunque, quando Nabucodonosor rase al suolo il tempio di Salomone, portò la clavicola a Babele e, prodigiosamente, la città conobbe fasti inimmaginabili, poi...

— Non mi interessa tutta la storia. Cos'altro può fare, oltre a farti vedere i peli e renderti ricco sfondato?

— Può guarire i moribondi, governare le forze della natura e quelle che presiedono all'aggregazione della materia.

— E qui la storia diventa interessante per te.

— Già — ammisi — e ancora più interessante per te.

Lei mi fissò per un secondo, poi, finalmente soddisfatta, annuì.

La luna si era coricata nel suo letto occidentale e il cielo aveva impercettibilmente cambiato colore. Intorno a noi, tenui ombre viola si stiracchiavano dai comignoli e la vita fremeva nei nidi dei colombi. Quel pensiero mi rammentò che da ore non mettevo qualcosa sotto i denti. Mi guardai intorno in cerca di qualcosa da sgranocchiare, quando la fanciulla disse: — Posso chiederti una cosa?

— Spara.

— Perché vuoi tornare a essere un leone? È così... banale! Solo in piazza San Marco ne ho contati una dozzina.

— Quattordici, per l'esattezza.

— Lo vedi? Invece tu sei unico.

E qui fece una pausa per lanciarmi uno sguardo penetrante. Per la prima volta in tutta la mia lunga vita, non mi vergognai del mio muso rincagnato, delle orecchie sproporzionate, della gobba e di quei ridicoli cornetti piantati sulla fronte.

— Voglio dire — continuò — tu sei tu. Nessuno può scambiarti per qualcun altro.

— Tipo per l'ennesima bella figliola con gli occhi verdi, i capelli biondi e il nasino all'insù?

— Per esempio.

— Ti va un bel profilo da pugile? — dissi mostrando il pugno. — Sarebbe originale.

La ragazzina alzò gli occhi al cielo, sbuffando.

— Scherzavo — dissi io. — Comunque, credimi, a nessuno piace essere un mostro.

— Perché, un leone con le ali che cos'è?

Non volevo, ma scoppiai a ridere. Fregato, fregato, fregato.

Parte Terza

Il segreto della clavicola

Il viaggio di ritorno fu meno burrascoso del precedente, anche se non si sarebbe potuto definire piacevole. Perlomeno, la gargolla evitò di sfrecciare a un millimetro dai tetti e smise di affrontare i comignoli come se fossero paletti da slalom. Volava lenta e rilassata, sfruttando le correnti d'aria senza sbattere le ali come due fruste. Una pallida luce tingeva di rosa la nebbia e, forse a causa della stanchezza e delle continue emozioni, Lucilla si sentiva un'amazzone a cavallo di Pegaso. Arrivarono alla soffitta che nemmeno una tapparella si era sollevata, ma la gargolla sembrava comunque a disagio.

Scaricò Lucilla dentro la stanza e fece un rapido dietrofront dicendo solo: — Ci vediamo stanotte.

Lei si rialzò dal pavimento in fretta e furia. Doveva ancora dirgli di Dimitri, del piano per recuperare la macchina per scrivere e del premio che aveva promesso in cambio.

Corse alla finestra, ma della gigantesca statua di

pietra vide solo il tunnel che aveva scavato nella nebbia e che, inesorabilmente, si richiudeva alle sue spalle. Sentì, in lontananza, il suono delle ali che sbattevano. Poi più niente.

Stropicciandosi gli occhi, si diresse verso la porta. Afferrò la maniglia, girò, ma quella non si mosse. Qualcuno l'aveva chiusa dentro! Si maledì per essere stata così stupida. Probabilmente Ruth l'aveva cercata e, non trovandola in casa, aveva pensato che fosse salita in soffitta. Aveva trovato la porta aperta, ma nessuno dentro, così forse aveva immaginato che Lucilla si fosse semplicemente scordata di chiuderla.

Fece per buttarsi contro la porta, alzò i pugni per bussare e chiamare aiuto, ma poi si fermò di botto. E se invece di Ruth l'avesse sentita qualcun altro? Il suo vicino di casa, per esempio. Avrebbe chiamato i pompieri e loro avrebbero voluto sapere dove fosse suo padre. Mentre meditava su quanto avrebbe potuto resistere prima che Ruth tornasse a cercarla, sentì un crampo allo stomaco. Non mangiava dal giorno prima. Aveva saltato la cena e adesso stava morendo di fame. Tornò alla finestra, sperando di vedere la gargolla appollaiata sopra qualche tetto, ma niente.

La nebbia saliva dai canali in ampie volute, come fumo freddo, nascondendo i muri delle case. Avrebbe voluto chiamarlo, ma non sapeva il suo nome. Non aveva pensato di chiederglielo. Si sporse dal davanzale. Sotto di lei c'era un canale, lo sapeva. Aveva visto Leo Wehwalt andarci in kajak. Quanto poteva essere profondo? Non che avesse voglia di fare un volo di cinque piani per tuffarsi in una specie di fogna, ma, all'improvviso, il peso degli ultimi avvenimenti la colpì a tradimento.

Non sapeva se Ruth sarebbe tornata a cercarla, né quando. Non sapeva se fosse una buona idea chiamare in aiuto i vicini. La cosa più sicura era cavarsela da sola. Aveva una fame da svenire, un appuntamento con Dimitri quella sera stessa e nel frattempo doveva procurarsi qualcosa di prezioso. Suo padre era fuori combattimento, sua mamma pure e lei doveva agire prima che Ruth si decidesse a chiamare la polizia per denunciare anche la sua scomparsa.

In fondo, pensò, che cosa aveva da perdere? La prospettiva migliore, quella di vivere in Francia con sua nonna, la fece sentire ancora più disperata. Magari avrebbe passato mesi in istituto, creduta pazza perché sosteneva che suo padre, in realtà, era la quarta statua di palazzo Mastelli. Se avesse lasciato passare troppo tempo, anche lei si sarebbe convinta che tutta quella storia non era altro che un'allucinazione. Qualcuno poteva credere che avesse volato in groppa a una gargolla?

Lucilla guardò la soffitta, il suo squallore. Quel mondo gravido di pericoli dal quale suo padre l'aveva tenuta all'oscuro. In un batter d'occhio, in preda a un misto di rabbia, solitudine, disperazione e fame, decise di dare una svolta alla sua vita.

Si arrampicò sul cornicione, infilò la mano in tasca per sentire se la donna di picche, il suo portafortuna, fosse ancora al suo posto. Poi prese un profondo respiro e si lasciò cadere.

Prima ancora di aver compiuto metà del tragitto, mentre la forza della caduta le tirava indietro i capelli, capì di essere stata un'idiota. In una frazione di secondo si ricordò di quello che faceva la sua mamma quando lei era particolarmente triste o spaventata. Si rammaricò di non poterlo insegnare ai propri bambini. Adesso era troppo tardi...

Atterrò su qualcosa di duro, sbatté la guancia con violenza e urlò per il dolore. Poi si sentì afferrare, sollevare di slancio. Aprì gli occhi. Vide un grugno grigio, con lunghi denti che spuntavano dalle gengive. Poi sentì una voce sibilante dire: — Fai ancora una cosa del genere e ti gonfio la faccia di sberle.

Lucilla allungò le mani intorno al collo della gargolla. La bestia la portava in braccio, come si fa con i bambini piccoli. All'improvviso, Lucilla sentì le palpebre pesanti e una voglia irresistibile di dormire e fare un bel sogno. Prima di chiudere gli occhi, sussurrò: — Ricordami di dirti una cosa, quando mi sveglio.

La gargolla le rivolse uno sguardo truce, poi tornò a guardare davanti a sé sbattendo furiosamente le ali, diretta verso le acque scure della laguna.

Lucilla fu svegliata dai morsi della fame. Però non aprì subito gli occhi. Lasciò che la sensazione di caldo e morbido le penetrasse tutte le cellule.

Quando si decise a muoversi, incuriosita da uno strano rumore, vide la gargolla affaccendata intorno a una tovaglia. Sistemava piatti, spostava tazze e, mentre faceva tutto ciò, cercava di fischiettare. Lucilla sorrise, accorgendosi che la guancia le faceva un male tremendo.

Richiamata dal suo lamento, la gargolla voltò la testa. L'espressione non era cambiata dall'ultima volta. Era ancora furente. Incrociò le zampe sul petto e la fissò con bui occhi di pietra. — Allora? — sibilò.

— Qualcuno ha chiuso la porta dall'esterno. Ero prigioniera e poi morivo di fame. Ho provato a chiamarti, ma tu... ma tu...

— Io cosa?

— Non so come ti chiami! Cosa potevo fare? Se chiedevo aiuto mi avrebbero portato in orfanotrofio e non avrei mai potuto aiutare mio padre e mia madre! Ho pensato di evadere...

La gargolla restò immobile a fissarla con una tale intensità che, per un lungo attimo, Lucilla pensò di avere una sonda nella testa.

— Quindi non volevi fare qualche sciocchezza?

— Nooo! — protestò Lucilla avvicinandosi carponi alla tovaglia posata sul pavimento. C'erano un pacco di biscotti, pane e marmellata, latte, burro, frutta e persino un salamino.

— Dove hai preso tutta questa roba? — chiese Lucilla, senza preoccuparsi di parlare con la bocca piena.

— Oh, anche con questo freddo c'è sempre qualcuno che chiude male una finestra. Basta saper cercare...

Lucilla si guardò intorno. Quel posto era pieno di cacche di piccione e di piume disseminate dappertutto. Poi c'erano delle campane e delle ruote dentate che sicuramente appartenevano a un ingranaggio. In lontananza si vedeva la laguna e, a tratti, stormi di gabbiani in transito. Voltò la testa. Aveva dormito su una quantità di cuscini che sembravano provenire da un divano, almeno quattro morbide coperte e altrettante pellicce.

— Hai svaligiato un appartamento?

La gargolla si strinse nelle spalle. — Tremavi. Adesso dimmi che cosa avevi intenzione di fare.

Lei inghiottì l'ennesimo boccone di pane e rispose: — Pensavo di tuffarmi nel canale. Da lì sarei tornata a casa. Ho le chiavi in tasca. Poi però...

La gargolla socchiuse gli occhi e restò ad aspettare la fine della frase.

— Poi però ho capito che avevo fatto una scemata e che potevo morire. Ho avuto paura e ho chiamato il mio angelo custode.

— E invece sono arrivato io — sibilò la gargolla.

— E sei arrivato tu — disse Lucilla storcendo la bocca in un sorriso. Controllò: in fondo le mancava un dente e la guancia destra era lievitata come un panettone.

— Che botta!

— Puoi dirlo forte, stupida mocciosa! Ti ho acciuffata per un soffio. Un brillante piano di evasione davvero! Fare un volo di cinque piani! Ti saresti sfracellata!

La gargolla continuò a sgridarla e Lucilla a sorridere. Quando la bestia si stufò di inventare nuovi insulti e di marciare avanti e indietro per il campanile sventolando i pugni, la ragazzina capì che la creatura si era calmata.

— Come ti chiami? — domandò.

La gargolla sollevò un sopracciglio.

— Allora, non vuoi dirmelo?

— Il mio nome non può essere pronunciato da un umano. Non si può tradurre in un suono esprimibile dalle vostre modeste capacità verbali.

— Proviamoci.

La gargolla inspirò a fondo, come se si fosse stancata di ragionare con un muro. Spalancò le fauci e produsse un suono incomprensibile, simile a quello prodotto da un sasso lanciato nell'acqua.

— Ploc? Che razza di nome sarebbe, Ploc?

— Che ti avevo detto? — rispose la gargolla con un sorriso di sufficienza.

— Ok, proviamo in un altro modo — continuò Lucilla dopo aver riflettuto un momento. — Che cosa vuol dire nella tua lingua?

— Significa: "Oh, Nato Dal Grembo Incandescente Della Madre Terra Durante Un'Eruzione Di Inaudita Potenza Per Somma Gloria Di Colui Che Ha Creato Tutte Le Cose Animate E Inanimate". Contenta?

Lucilla richiuse la bocca. — In effetti, non credo che potremmo usare il tuo nome per esteso. Che ne dici di Ploc?

— Mi sembra riduttivo.

— Però, la prossima volta che dovessi aver bisogno di te potrei chiamarti. Non sarei costretta a buttarmi dalla finestra.

— Ricatto emotivo. Ecco come si chiama quello che hai appena fatto.

Lucilla scivolò fuori dalla pelliccia che aveva tenuto sulle spalle durante la colazione e si avvicinò alla finestra.

— Stai lontana da lì! — strillò la gargolla.

— Va bene, Ploc — azzardò Lucilla, facendo un passo indietro.

— Nessuno deve saperlo.

— Promesso.

All'improvviso, le campane cominciarono a suonare, provocando un viavai di piccioni terrorizzati. Lucilla urlò; le vibrazioni provocate dai rintocchi le facevano sbattere i denti. Dopo dodici assordanti *BONG!* riemerse da sotto i cuscini.

— Bene — disse. — Adesso posso tornare a casa.

— Tu non ti muovi di qui — sibilò la gargolla facendo un passo verso di lei. — Non posso passare il mio tempo a salvarti la pelle. Voglio che tu stia dove posso controllarti.

Lucilla scosse la testa. Aveva individuato da un pezzo una scaletta che di sicuro portava giù.

— Non posso restare qui. Diventerei sorda. E poi

ho delle cose da fare, devo tranquillizzare Ruth, devo vedere Dimitri.

— Chi è Dimitri?

— È il ragazzo che ho incaricato di rubare la macchina per scrivere.

La gargolla smise di puntare un piccione che incautamente si era posato sul pavimento per rivolgerle uno sguardo feroce: — Cosa sei andata in giro a raccontare, testa vuota? Non sei stata capace di prendere quella dannata macchina da sola?

— Era chiusa a chiave nello studio del vecchio! Come facevo? Dimitri è un ladro. Stanotte ci incontreremo alle Fondamenta Nuove, dove mi darà la macchina.

La gargolla si avvicinò ancora, Lucilla poteva sentire i denti di granito stridere, forse per la rabbia.

— Come fai a essere sicura che non ti tradirà, che farà quello che vuoi?

Lucilla non era preparata a quella domanda. Lo sapeva, e basta. I ragazzi facevano sempre quello che voleva. Fosse accompagnarla ovunque volesse in motorino o prendersi tutta la colpa se un professore li pizzicava a chiacchierare. Era sempre stato così, e lei non vedeva il motivo per cui quella volta dovesse andare diversamente.

— Gli ho promesso una ricompensa e lui ha accettato.

— E come è fatto questo tizio? Quanti anni ha?

Lucilla sentì qualcosa fremerle all'altezza dello stomaco. Le sembrava di sentire suo padre e cominciava ad averne abbastanza di quell'interrogatorio. Anche quel mostro di pietra voleva mettere becco nella sua vita?

— Più o meno la mia età... è carino...

— Ah, ecco, adesso mi sento molto più tranquillo. E poi? Ha una fionda?

— Cosa c'entrano le fionde? Tutto quello che so è che avevo bisogno che lavorasse per me. Punto e fine.

La gargolla allargò le braccia e sospirò: — Quel che è fatto è fatto. Hai la testa dura di tuo padre e, come lui, sei sempre convinta d'essere molto furba. Forse ho fatto male a salvarti la pelle. Forse avrei dovuto cavarmela da solo.

— Forse — ribatté Lucilla marciando decisa verso l'uscita. — Comunque io adesso me ne vado. Ci vediamo in Fondamenta Nuove al sorgere della luna.

— Fermati! — strillò la gargolla. — Non posso uscire di giorno!

Ma Lucilla si era già precipitata giù per le scale, sbattendo la porta alle sue spalle.

— E va bene, fa' come vuoi. Arrangiati! — ringhiò la bestia, prendendo a calci la porta.

Lucilla si orientò in fretta. La nebbia non era più così fitta. Riusciva persino a vedere al di là della laguna. Era a Malamocco, il Lido di Venezia. Lì c'era il Casinò e poco più avanti l'approdo del traghetto. Una volta in piazza San Marco bastava cambiare traghetto, scendere alla fermata di San Marcuola e da lì camminare fino al ghetto. Facilissimo. Non aveva bisogno di alcuna guida, di alcun aiuto.

Aspettò sotto la pensilina guardando ostinatamente a terra, anche se era più che certa che la gargolla non l'avesse seguita. Si mescolò alla folla di turisti, frugò nelle tasche per recuperare gli ultimi soldi e pagare il biglietto. Per tutto il tempo, non fece che pensare alla clavicola di re Salomone e a come fare per metterci le mani sopra. Sapeva che con quel talismano tutto sarebbe stato possibile. Anche invertire le leggi della natura.

Forse Ruth ne sapeva qualcosa, avrebbe chiesto a lei.

Attraversò la città senza intoppi. Le scuole non erano ancora cominciate e nessuno si stupì di vedere una ragazzina fuori dalle aule. E poi, alle domande indiscrete poteva sempre rispondere in francese e spacciarsi per una straniera in vacanza. Filò tutto liscio come l'olio e, con il passare del tempo, la riconoscenza che aveva provato per il suo salvatore di granito lasciò il posto a una sensazione di invincibilità. Non pensò nemmeno di telefonare per avere notizie di sua mamma. Sapeva che non era peggiorata, che aspettava che sua figlia la salvasse.

Scese alla fermata giusta e attraversò la piazza del ghetto con la sicurezza di chi c'è nato. Attraversò tutti i ponti chiedendosi quali misteri potessero celare, quanti segreti fossero stati bisbigliati nell'oscurità dei vicoli senza immaginare che anche le pietre avevano orecchie. All'improvviso, le sembrò che svelare il lato nascosto delle cose bastasse a rendere una vita degna d'essere vissuta e, per la prima volta, pensò a suo padre con tenerezza e ammirazione.

Spalancò il portone chiamando Ruth con quanto fiato aveva nei polmoni. Era sporca, scarmigliata e sudata, ma non le importava niente.

— Chi è? — sussurrò qualcuno dall'altra parte dell'uscio. Lucilla non capì se fosse Leo o sua sorella.

— Sono Lucilla Moneta.

— Benedetta *putea*! — esclamò la voce di Ruth. — Mi hai fatto stare in pensiero. Mi infilo qualcosa addosso e ti apro. Non muoverti di lì!

Lucilla scoppiò a ridere. Tutti quanti volevano tenerla buona e ferma, ma lei non avrebbe permesso agli adulti di pensare a lei come a un pacco postale che poteva essere spostato a piacimento.

Ruth comparve dopo qualche minuto con indosso solo una vecchia vestaglia. Aveva la riga sugli occhi tutta storta e il rossetto sbavato. Ma prima che Lucilla potesse fermarsi a rimuginare su come avesse impiegato tutto il tempo in cui l'aveva parcheggiata sullo zerbino, Ruth l'aveva trascinata dentro casa e la stava investendo con una montagna di proteste.

— Dove sei stata? Ero così preoccupata! Ti ho cercata dappertutto, persino in soffitta, ma sembravi sparita! Ho chiesto a Leo di aiutarmi, è fuori da stamattina presto.

— Cercavo mio padre, sono tornata tardi questa notte.

Ruth si lasciò cadere sul divano. Aveva il viso arrossato, gli occhi lucidi.

— Cosa hai fatto alla guancia? — sospirò. — Stai bene? Hai scoperto dov'è tuo padre?

Lucilla scosse la testa: — Sono inciampata e ho sbattuto contro un muro. È solo una botta. Di mio papà non so niente.

— Mi dispiace. Senti, perché non metti su l'acqua per il tè? Ne ho proprio bisogno. Questa notte, come se non bastasse il trambusto della tua sparizione, ci sono entrati i ladri in casa.

A Lucilla sfuggì di mano il bollitore, spruzzando acqua dappertutto.

— Ladri? — esclamò, cercando di avere un tono verosimilmente sorpreso.

— Ci puoi credere? Dovevano essere proprio disperati per svaligiare la casa di due vecchi. Meno male che Leo era in strada e io in soffitta. Devo dire che la tua scomparsa ci ha evitato di incrociare quei banditi. Poteva finire male.

Lucilla cercò di non ascoltare la vocina dentro di lei che la rimproverava. Ruth non c'entrava con quella carogna del fratello. Ammesso che fosse davvero coinvolto nella pietrificazione di suo padre. Finora, rifletté Lucilla, l'unico a esserne convinto era la gargolla.

— Hanno portato via delle cose preziose? — si sforzò di chiedere.

— Un po' di soldi, qualche gioiello. Mi dispiace, erano della mia mamma, ma tanto non ho nessuno a cui lasciarli. Ma lo sai che hanno preso anche la vecchia macchina per scrivere di Leo? Vai a capire... non avrei mai immaginato che valesse qualcosa.

Lo stomaco di Lucilla fece una capriola. Quel disgraziato di Dimitri le aveva disobbedito! Non aveva preso solo la macchina per scrivere! Altro che ricompensa, gli avrebbe dato una strigliata!

— Coraggio, adesso togli il bollitore dal gas o quel fischio mi farà impazzire.

Lucilla cercò di fare del proprio meglio, ma le tremavano le mani. Ruth avrebbe potuto essere picchiata, o peggio. Le avevano portato via dei soldi, e certo lei e Leo non navigavano nell'oro. Lucilla sperò con tutto il cuore che la macchina per scrivere fosse quella con la lettera difettosa, che Leo fosse colpevole e che quella odiosa, sospettosa gargolla avesse ragione. Appoggiò il vassoio con le tazze davanti alla vecchia signora. E tenne gli occhi bassi, per paura di tradirsi e perché moriva di vergogna.

— Che c'è, cara? Ti fa male la guancia?

Lucilla desiderò avere in tasca la clavicola magica: le avrebbe chiesto di sparire dalla faccia della terra. Fu così che si ricordò della ragione per cui era lì, e che i suoi genitori, in quel momento, avevano più bisogno della sua compassione di Ruth Wehwalt.

— Mi chiedevo, siccome ha studiato tanto, se avesse mai sentito parlare della clavicola di re Salomone.

L'anziana signora si lasciò cadere sullo schienale della poltrona, quasi fosse stata colpita da un pugno. Lucilla sollevò lo sguardo e vide che la sua amica aveva l'aria esausta. Si sistemò una ciocca di capelli nella crocchia e sospirò: — Chi te ne ha parlato?

— Nessuno. Ho trovato un appunto di mio papà e mi chiedevo...

Ruth alzò la mano, come per chiederle di non aggiungere altro. Si schiarì la voce.

— La clavicola di re Salomone è una leggenda. Nell'anno 828 due mercanti veneziani, Buono di Malamocco e Rustico da Torcello, trafugarono il corpo dell'Evangelista Marco da Alessandria d'Egitto. Per sfuggire ai controlli dei doganieri musulmani lo nascosero sotto una carcassa di maiale.

Lucilla si sforzò di tenere dritta e ferma la sua tazza. Si sentiva percorsa da una corrente elettrica che le faceva formicolare le dita e venir voglia si saltare in piedi e urlare. Finalmente aveva capito perché suo papà l'aveva portata a visitare la chiesa di San Marco! Ricordava benissimo il mosaico che illustrava quell'episodio: le guardie musulmane che distoglievano lo sguardo davanti a quel cibo che offendeva la loro religione. Il trasferimento della reliquia a bordo di una nave che aveva superato miracolosamente una terribile tempesta. La folla che attendeva il corpo del santo... Era un indizio che suo papà le aveva consegnato, semmai gli fosse capitato qualcosa. Una pista da seguire. Lucilla non si rese conto che Ruth, nel frattempo, aveva smesso di parlare e la fissava. L'espressione dei suoi occhi era indecifrabile, ma come Lucilla sollevò gli occhi sul volto pieno di rughe e cipria, Ruth distolse lo sguardo per riprendere il racconto.

— Si dice che i due mercanti avessero nascosto sotto la reliquia uno zaffiro che portava incisi sulla superficie dei segni segreti.

— Uno zaffiro? Ma non doveva essere una specie di osso?

— Clavicola sta a significare "piccola chiave". Alcuni pensano che la clavicola sia uno smeraldo, altri parlano di uno zaffiro. Secondo questi ultimi, Salomone ricevette il suo sapere dal *Libro di Raziel*, una raccolta di segreti cosmici incisi su uno zaffiro. Fu l'angelo Raziel a donarglielo. Alla morte di quel grande sovrano, il condottiero persiano Nabucodonosor invase Gerusalemme, ne rase al suolo il tempio saccheggiando il suo tesoro e portando a Babele la clavicola. Da lì, si vuole sia finita ad Alessandria d'Egitto, quindi a Venezia, dove i dogi fecero perdere le sue tracce. Ma la fenomenale ascesa di questa repubblica marinara fa sospettare che dietro ci fosse lo zaffiro di Raziel. Nessuno ne sentì più parlare fino al 904, quando un saraceno di nome Saud Khalula si impossessò, non si sa come, del gioiello. Lo nascose qui a Venezia. Il moro venne ritrovato morto nel canale della Madonna dell'Orto, non lontano da qui.

— Oh! Quindi chi trovasse quello zaffiro diventerebbe milionario?

Ruth scosse la testa: — La clavicola è molto più di una grossa pietra preziosa. Tutti gli alchimisti del mondo la cercano da secoli. È l'insieme di formule che conferisce il potere di evocare e dominare tutti gli spiriti. Chi la possedesse non sarebbe solo milionario. Diventerebbe padrone del mondo. Potrebbe provocare guerre, calamità, distruzione e morte. Potrebbe decidere chi lasciare vivere e chi fare morire. Per questo la clavicola non può finire in mani sbagliate, lo capisci?

Lucilla si mosse sulla sedia, inquieta. Poi si fece coraggio e rispose: — Ma certo, tanto si tratta solo di una favola. Lo zaffiro non esiste davvero, giusto?

Ruth la guardò negli occhi per un lunghissimo minuto e si limitò ad annuire.

Lucilla sorrise, cercando di mantenere un'aria divertita, come chi avesse sentito una bella ma incredibile storia. Aveva saputo tutto quello che le occorreva. A quel punto poteva farsi un bagno caldo, indossare dei vestiti puliti e poi prepararsi per l'appuntamento con Dimitri. Doveva sapere se Leo era colpevole e, in quel caso, escogitare un modo per impadronirsi della clavicola. Perché le due cose erano collegate. Suo padre si era avvicinato troppo allo zaffiro. Chi l'aveva pietrificato, evidentemente, proteggeva il talismano di Salomone.

L'idea di essere così vicina all'oggetto che avrebbe rimesso a posto i pezzi della sua vita, che poteva restituirle i suoi genitori, le dava le vertigini. Si alzò e fece per prendere un ultimo biscotto prima di andarsene. Ruth, però, fu più veloce di lei. Scattò in avanti e le afferrò il polso. — Promettimi che questa notte te ne starai a casa. Non posso invitarti a cena per via di Leo, ma ti porterò su qualcosa di buono e un bellissimo libro da leggere.

— Va bene — rispose Lucilla a disagio, cercando di liberarsi. Ruth aprì le dita e lasciò cadere il braccio sulle ginocchia. Con la coda dell'occhio, Lucilla vide l'ultimo numero del tatuaggio. Qualcosa non tornava. Farfugliò un saluto, girò sui tacchi e infilò la porta.

Aveva visto i numeri sulle braccia dei fratelli Wehwalt solo un paio di volte, di sfuggita. Poteva essersi confusa? Lucilla era seduta al tavolo della cucina, cercando di ricordare, quando notò il vaso di Gustavo. Era sporco e con delle grasse incrostazioni sui bordi. L'acqua era limacciosa e opaca. Il pesce non mangiava da secoli, perché lei se n'era completamente dimenticata. Frugò nei cassetti alla ricerca di un residuo di mangime. La scatola che puzzava di pesce secco era quasi vuota. La squarciò con il coltello, raschiando le ultime scaglie di gamberetti. Ripulì tutto, cambiò l'acqua e risistemò il vaso in un punto vicino alla finestra, così Gustavo avrebbe potuto guardare fuori.

L'idea che almeno quel vaso si fosse salvato

dall'avidità di Dimitri le risollevò il morale. Dovevano avere tutti un po' di pazienza, anche Gustavo. Se Leo Wehwalt era davvero coinvolto nella faccenda della clavicola, mancava poco alla soluzione del mistero. Era la sua unica speranza, l'unico modo per uscire da quella situazione. Per farlo, doveva impadronirsi della chiave dei maghi. E se questo significava dover approfittare della fiducia di Ruth, era un male necessario, una specie di prestito; a cose fatte, le avrebbe restituito tutto l'affetto di cui era capace. L'avrebbe invitata a vivere con lei e la sua mamma finalmente guarita a Milano, o in Francia, ovunque volesse. L'avrebbe liberata da quel prepotente di Leo, così odioso da non permetterle di avere un'amica, da impedirle di ricevere persone quando lui era in casa. Ruth sarebbe stata molto meglio senza quel pericoloso vecchio fra i piedi.

All'improvviso, Lucilla si accorse che il pomeriggio stava finendo e non aveva ancora fatto il bagno. Corse a riempire la vasca, allontanando i dubbi che si affollavano nella sua testa. Per prima cosa doveva vedere Dimitri, scoprire se la lettera fosse stata scritta da Leo. Poi lui o la gargolla gli avrebbero fatto sputare quello che sapeva sullo zaffiro.

Non avrei dovuto parlarle della cavicola, lo so. Ma il mio è un difetto *strutturale*, in qualche modo. Dove si è mai vista una gargolla tenere la bocca chiusa? La nostra specie è fatta così. Accidenti! Per la sorpresa feci un balzo indietro andando a sbattere contro la campana. Era la prima volta che pensavo a me non come a un leone imprigionato nel corpo di un mostro, ma come *il* mostro. Era una sensazione spaventosa e insieme di enorme sollievo.

La preoccupazione che il campanaro salisse per scoprire la ragione di quel baccano fuori programma mi convinse a uscire dal campanile per arrampicarmi sull'asta segnavento. Le prime nuvole scure montavano da est, presto sarebbe stato abbastanza buio per volare fino a casa dell'alchimista.

Non potevo lasciare sola la ragazzina per troppo tempo: era un pericolo pubblico. Accidenti a lei, doveva solo procurarsi la dannata macchina per scrivere, e cosa aveva combinato? Aveva assunto un tizio di cui sapeva solo che era un ladro carino. Si può essere più stupide?

Guardai verso la città, arrossata dalla luce del tramonto. Se, come sospettavo, la mia nuova socia si era precipitata a informare la sua amica Ruth della clavicola, nel giro di poche ore avremmo avuto tutta la Venezia alchemica alle calcagna. E i colleghi di Giulio Moneta non ti danno nemmeno il tempo di dire "ahia!" prima di conciarti in un modo che nemmeno la tua mamma riuscirebbe più a riconoscerti.

La clavicola poteva essere ovunque, riflettei osservando la distesa di tetti e campanili, scale e canali. Nascosta sotto una trave, una piastrella, un ponte calpestato ogni giorno da milioni di piedi ignari. Nessuno poteva portarsi appresso una pietra preziosa grossa come una patata, per cui doveva per forza essere nascosta da qualche parte, protetta da chissà quali stregonerie. Un drago? Un jinn di quelli che godono a sbriciolarti come un biscotto?

Forse quella era la mia ultima notte. Sospirai, guardando la mia città illuminata da un raggio di sole morente. Splendeva come una regina, ammantata di oro e porpora. Sia che il mio destino fosse felice (la clavicola era nascosta ma incustodita, urrà!) o infelice (la clavicola era nascosta e ben protetta, ahia!) comunque quella era l'ultima volta che potevo godermi una vista così, scegliendomi il punto di osservazione che più mi garbava. Una volta tornato leone, me ne sarei stato tutto il tempo assiso sul mio piedistallo, a guardare i passanti dall'alto in basso, una zampa elegantemente sollevata. Oppure sarei tornato polvere, e i miei pensieri sarebbero stati meno articolati di quelli di un lombrico. Tutto sommato, potevo aspettare ancora un po' e godermi tanta bellezza.

Avrei raggiunto la fanciulla in Fondamenta Nuove appena avesse fatto notte.

Questa era l'idea.

L'isola dei morti

Dopo essersi lavata e asciugata i capelli, aver indossato vestiti puliti e cambiato l'acqua a Gustavo, Lucilla si ritrovò senza niente da fare in quella casa estranea. E non avere le mani occupate permetteva alla testa di andare dove voleva. Si affacciò alla finestra almeno mille volte, nella speranza di vedere la gargolla. Oppure Dimitri. Estrasse dalla tasca la donna di picche, ormai tutta stropicciata. Quello che non riusciva a mandare giù non era tanto il fatto che avesse svaligiato la casa di Ruth, in fondo sapeva benissimo che era un ladro. Quello che non sopportava era che avesse fatto di testa sua. Lucilla decise che avrebbe sistemato i conti con lui alla prima occasione. Non era ancora nato quello che le faceva sentire le ginocchia molli e lo stomaco in subbuglio, e restava impunito.

All'imbrunire, sentì dei passi sulle scale. Qualcuno stava trafficando fuori dalla sua porta. Guardò nello spioncino: era Leo Wehwalt, più pallido, stanco e immusonito del solito. Sicuramente era arrabbiato con lei e sua sorella. Lucilla strabuzzò gli occhi per cercare di leggere il numero sul braccio del vecchio, ma non aveva speranze perché indossava giacca e soprabito. Il vecchio stava uscendo di nuovo oppure non aveva fatto in tempo nemmeno a levarsi il cappello che Ruth l'aveva spedito fuori per un'altra commissione.

Aspettò che il rumore dei passi si allontanasse, poi aprì la porta e raccolse il vassoio. Insieme alla cena, Ruth mandava un libro sui miti e le leggende veneziane. Masticò ogni boccone trentadue volte, come le avevano insegnato a scuola, solo per passare il tempo. Sfogliò il libro, che in un altro momento avrebbe assorbito tutto il suo interesse, con poco entusiasmo. Doveva rileggere ogni frase almeno dieci volte prima di capirne il senso.

Una storia, però, colpì la sua attenzione. Nel 1700 una nobildonna veneziana aveva puntato tutta la sua fortuna al Casinò. Così, si giocò la mano destra ai dadi e perse. Il giorno successivo, fece recapitare al suo avversario la propria mano dentro una scatola. Passarono mesi prima che la nobildonna, ormai completamente in rovina, ricevesse un'altra scatola. Conteneva una mano d'argento, per forma e dimensione identica a quella tagliata. Su ogni dito era incastonata una pietra preziosa, quasi fossero cinque anelli, uno più sfarzoso dell'altro. La nobildonna sposò il suo avversario, furono per sempre una coppia felice e vinsero immense fortune al Casinò con le quali costruirono un palazzo sul Canal Grande, sede di feste indimenticabili.

Ecco, pensò Lucilla, quella era Venezia. Il posto dove era difficile riconoscere le cose reali dal loro riflesso e dove non sapevi mai, girato l'angolo, in quale avventura ti saresti cacciata. Lei poteva essere come quella nobildonna che aveva rischiato tutto e perso tanto solo per scoprire alla fine che il destino non le stava girando le spalle, anzi. Chiuse il libro, restò un paio di minuti a osservare la donna di picche, cercando di convincerla a portarle tutta la fortuna che poteva, quindi uscì di casa.

Prima del sorgere della luna era già in cammino per i vicoli del ghetto a caccia del talismano più ambito di tutta la storia della magia. Non aveva idea di come usarlo e dove nasconderlo, ma confidava che di quello si sarebbe occupata la gargolla. La bestia ne aveva bisogno quanto lei, e, nonostante la discussione del pomeriggio, era sicura che non l'avrebbe abbandonata.

Passò sotto la targa in piazza, ma non alzò la testa. Di certo il suo amico alato era lì, da qualche parte. Poteva contarci: le aveva già salvato la vita una volta e di certo sarebbe stato con lei all'appuntamento. Le finestre erano illuminate da una luce calda e Lucilla si immaginò le famiglie ebree prima della guerra, sedute a tavola a chiacchierare. Chissà se la famiglia Wehwalt era numerosa, se era felice, se erano morti tutti. Ignorò il brivido che le correva lungo la schiena e tornò a concentrarsi sulla strada da fare. Non era sola, per fortuna. C'erano persone a spasso coi cani, turisti che cercavano un ristorante o la fermata del vaporetto, gente che chiacchierava fuori dai caffè. E poi, appoggiato a un muretto, la schiena rivolta al mare, vide Dimitri, i capelli scuri che gli ricadevano sulla cicatrice e nemmeno l'ombra di un sorriso.

Restai a lungo a fissare il cielo. Vidi sorgere Venere, poi la luna. Avrei dovuto affrettarmi, lo so, ma la notte era così bella. Per tutta la mia lunga vita mi ero considerato diverso dagli umani, lontano mille miglia dalle loro pochezze e futili ambizioni. E invece... invece di passare più tempo a godermi il cielo stellato avevo trascorso notti intere a spulciare codici, mischiare veleni e rubare amuleti, e solo per poter cambiare il mio aspetto e tornare quello di prima. Ma poi, in fondo, ero ancora quello di prima? O meglio, dentro di me batteva ancora un cuore leonino, anche se il mio muso somigliava a quello di un botolo ringhioso? Nel bel mezzo delle mie riflessioni, sentii uno spostamento d'aria a un millimetro dall'orecchio. Due creature magiche, non di grande importanza, si erano fermate a chiacchierare proprio sotto le mie zampe, sul tetto della chiesa. Io me ne stavo avvinghiato all'asta segnavento, immobile. Se i due fossero stati un po' più preparati in fatto d'architettura terrestre, si sarebbero insospettiti nel vedere un colosso di pietra appollaiato sopra una modesta chiesetta. Viceversa, siccome i maghi risparmiano sull'istruzione dei propri servi, mi ignorarono. La situazione doveva essere fuori controllo, se quei ceffi non si preoccupavano di nascondersi a occhi non magici. Evidentemente, lassù si sentivano al sicuro. Aguzzai le orecchie e mi misi in ascolto.

— Hai sentito? — disse la prima creatura, che aveva l'aspetto di un folletto irlandese. Oh, ma non bisogna farsi ingannare dalle apparenze: un tipo così, con il cappelluccio a punta e il completino color campanula, è capace di trascinarti nel suo regno sotterraneo con una mano sola. Sono specializzati nello scambio di bambini, anche se loro negano.

— Ti sei mai chiesto — rispose l'altro, una specie di drago cinese con lunghi baffi e artigli niente male — perché sorvolo Venezia in lungo e in largo? Il mio padrone è isterico perché nessuno riesce a localizzare quella dannata clavicola.

— Checcavolo — brontolò il folletto — potrebbe essere dappertutto! Questa città è un casino: troppa magia dappertutto. Pare che sia comparsa dalle parti della Madonna dell'Orto, ma quando sono arrivato io era già sparita. C'era puzza di pasticcio alchemico, se capisci quello che intendo. Qualcuno deve averla usata e poi fatta sparire di nuovo.

Ecco, adesso la faccenda diventava interessante.

— Dev'essere un mago coi contropifferi, se vuoi

il mio parere — continuò il folletto. — Tutti quelli che hanno usato il talismano, dopo Salomone, hanno fatto una brutta fine.

— Mmm... secondo me quella roba è nascosta dalle parti del ghetto — disse il drago dandosi una grattatina fra le scapole con la punta della coda. — Di sicuro protetta da un Golem.

— Urca! — esclamò il folletto. — Io non ci voglio avere niente a che fare con quelli lì. Non ci riesci a ragionare, con certa gente.

Il drago sorrise, poi avvicinò le fauci alle orecchie del folletto bisbigliando: — Facciamo così: tu dici al tuo padrone che hai volato fino allo sfinimento, ma non hai trovato niente. Gli dici che per tutto il tempo hai avuto un tremendo drago rosso alle calcagna, che cosa potevi fare? Io racconto la stessa storiella. Invece ce ne stiamo qui tranquilli, lontani delle grinfie argillose del Golem!

— Bella idea. Ce l'hai un mazzo di carte? Possiamo giocare alla *Bella Giudea,* un euro a punto — rispose quella testa vuota dell'irlandese.

Oh, maledizione! Ero già in ritardo all'appuntamento, tutte le creature magiche di Venezia stavano svolazzando su e giù per mettere le unghie sulla clavicola e la faccenda rischiava di andare per le lunghe. Quei due erano sicuramente più veloci di me, e non mi avrebbero di certo lasciato andare via con il sospetto che avessi sentito il loro piano per scantonare il lavoro. I maghi sono piuttosto severi con la servitù. Se restavo zitto e fermo, però, non si sarebbero mai accorti di me. Le gargolle non sono creature magiche e la nostra essenza non emette vibrazioni sospette. Non mi restava che rassegnarmi e pregare che la mia fanciulla non combinasse qualche guaio irreparabile.

All'improvviso, Lucilla si vergognò della sua guancia, gonfia come un melone, e si fermò. Davanti a lei il mare fino alle isole di Murano e San Michele era un viavai di barche. Dimitri, che pure aveva notato la ragazzina bionda, non alzò la mano per salutarla, né le sorrise. Raccolse da terra un sasso e lo lanciò in acqua. Fece sette rimbalzi che Lucilla contò, uno per uno, finché il sasso non scomparve. Contò anche i passi che la separavano dal ragazzo. Più di sette, ma meno di un milione, come le sembrò. E, quando fu lì, e già poteva sentire l'odore dei suoi capelli, disse solo: — Ciao.

Lui voltò gli occhi e fece un breve cenno con la testa. Teneva i gomiti appoggiati al muretto e il mento coperto dal bavero della giacca per proteggersi dal vento. Le guardò la guancia.

— Hai fatto a botte?

— Qualcosa di simile — rispose Lucilla, poi aggiunse: — Dov'è la macchina per scrivere?

— Non ce l'ho qui. È in un posto sicuro.

Lucilla si portò la mano alla bocca perché, nello spalancarla per la sorpresa, aveva provato una fitta di dolore: — Cosa? Mi hai fatto venire qui per niente?

Dimitri la guardò come se si trovasse di fronte una lumaca parlante, un organismo monocellulare incapace di capire le cose al volo.

— Quell'affare non ha valore, ma può essere collegato ad altri oggetti. Non ho voglia di finire nei guai per un vecchio rottame.

— Già — sibilò Lucilla. — Non hai mantenuto la promessa. Hai derubato i vecchi Wehwalt. Sei uno schifoso. Non ti darò un bel niente per il tuo servizio, ti sei ripagato da solo.

Nonostante il tono di Lucilla fosse carico di disprezzo, per un attimo qualcosa passò sul viso del ragazzo, come se una mano invisibile gli stesse accarezzando le guance. Ma durò un attimo, poi la sua espressione tornò quella di sempre. Sollevò il labbro, e il viso si contrasse in una smorfia.

— Vuoi quella macchina per scrivere, sì o no?

Lucilla abbassò la testa: — Sì, ne ho bisogno.

Dimitri annuì, poi la afferrò per il gomito e la condusse giù da una discesa fino al mare. Era molto buio; Lucilla vide solo una vecchia casa con un enorme portone, travi di legno mezzo marcite, attrezzi e cordame ammuffito.

— Che razza di posto è questo? — chiese lei, con il cuore in gola. Non che fosse un'esperta di film dell'orrore, ma quello sembrava proprio il preludio di una brutta fine.

— È uno *squero*. Qui ci costruivano le gondole. Ci sei mai stata? Ma certo, tutti i turisti vanno in gondola.

Prima che Lucilla potesse ribattere che lei no, non era una turista, che era lì per colpa di suo padre, attualmente pietrificato, Dimitri aveva sceso di corsa i pochi gradini che lo separavano dal mare. Le onde gli lambivano già la punta delle scarpe quando lei riuscì a raggiungerlo.

— Dove andiamo? Io su quella roba non ci salgo — disse indicando la barca a remi dall'aspetto precario e sgraziato. Dimitri aveva già cominciato a slegare la cima che l'ancorava a terra.

— Allora nuota.

Lucilla si voltò, scrutando il cielo ormai buio. Della gargolla, anche se fosse stata appollaiata a due metri dal suo naso, non avrebbe potuto vedere nemmeno l'ombra. Lei però era sicura che fosse lì, da qualche parte. Altrimenti non si sarebbe nemmeno sognata di seguire Dimitri. Sapeva benissimo che le ragazze intelligenti non si fidano degli estranei, non vanno da sole in posti che non conoscono, meno che mai quando nessuno al mondo sa dove sono dirette. Stramaledì suo padre per non averle mai comprato un cellulare, anche se, con il senno di poi, non le sarebbe comunque servito a nulla. Quindi afferrò la mano, ruvida, che Dimitri le porgeva e salì a bordo.

Ero stufo marcio di stare lì ad assistere ai battibecchi di quei due pendagli da forca, ammesso che tipi così potessero essere impiccati. Di solito, le creature magiche pigre e indisciplinate vengono punite in altro modo. Per esempio imprigionate dentro barattoli vuoti di marmellata, o lampadine, o qualsiasi altro oggetto che denoti tutto il disprezzo dei maghi per quelle che considerano le proprie maestranze. Per farlo, però, bisogna pizzicarli sul fatto, e i compagni con i quali ero costretto a dividere il tetto si erano scelti un angolino molto tranquillo.

Gli alchimisti di Venezia sono convinti, o almeno lo erano fino a che non capitò questa storia, che gli eventi interessanti si svolgessero entro i confini della città, poiché consideravano le isole vicine troppo volgari per esercitarci i propri traffici. Chi lo faceva era considerato un pivello, troppo sciocco per occupare un palazzo con affaccio sul Canal Grande.

Un mago cinese che stava alla Giudecca, con quel semplice espediente era riuscito a starsene in pace a evocare demoni con gli occhi a mandorla per quasi settant'anni. Almeno, così sosteneva il drago rosso che stava spennando il folletto a carte. Quello scimunito s'era già giocato mezza Irlanda, quando decise di barare. Non si può barare giocando alla *Bella Giudea*, lo sanno anche i somari, ma a quello lì non restava altro da puntare oltre al berrettino a punta, così decise di tentare la sorte. E gli andò male. Il drago andò su tutte le furie e prese a insultare la mamma del folletto. Si sa che i folletti sono molto gelosi delle loro mamme e, senza perdere tempo a lanciare incantesimi, fatto che avrebbe segnalato al padrone la sua posizione, l'irlandese mollò al rettile una pappina sui denti. La scazzottata che ne seguì scoperchiò buona parte delle tegole della chiesa, ma, allo stesso tempo, mi permise di scivolare via indisturbato dall'asta alla quale ero avvinghiato da almeno un'ora.

Spalancai le ali e planai sopra la laguna, protetto dalle tenebre. In fondo, non ero poi così in ritardo e, in fondo, *Astutilla* doveva solo farsi consegnare la macchina per scrivere da quel ladruncolo. Eppure, decisi di lasciar perdere la prudenza e presi una scorciatoia. Invece di sorvolare il mare fino alle Fondamenta Nuove, tagliai per la città. Passai sopra piazza San Marco, il ponte di Rialto e poi piegai a destra diretto al ghetto. Magari la pupattola era già sulla via di casa. Il cielo era un andirivieni di ogni genere di creatura fatata e decisi che saltellare di tetto in tetto fosse più sicuro.

Zompavo già da qualche minuto, quando l'occhio mi cadde su una targa, affissa al muro di fronte. L'avevo vista almeno un milione di volte, ma non l'avevo mai letta. Mai, prima di allora, avevo avuto a che fare con gli ebrei di Venezia. Quel Leo Wehwalt, però, era ebreo, era veneziano e aveva a che fare con la mia missione. Così, quella volta, decisi di perdere un minuto a leggerla. Riportava tutti i nomi dei veneziani morti in seguito alle leggi razziali, i nomi dei deportati ai campi di sterminio, i morti per mano dei nazisti tedeschi e dei repubblichini italiani.

Ero aggrappato a un comignolo, per fortuna, altrimenti sarei caduto giù come una pera. Mollai l'ormeggio e spiccai il volo alla velocità della luce. Dovevo trovare la ragazzina, prima che quel Leo Wehwalt trovasse lei.

Dimitri si era tolto la giacca per remare più agevolmente. Poteva avere al massimo quattordici anni, pensò Lucilla, perché le sue guance erano ancora bianche e lisce, così vicine che quasi si poteva pensare di allungare le dita e sfiorarle. Sedeva di fronte a lui, scomodissima perché cercava di mostrargli solo il profilo buono, quello senza bozzo. Venezia, splendente di luci come un'astronave, si allontanava e, per ogni metro fatto, Lucilla provava una piccola fitta di dispiacere, perché presto tutto sarebbe finito e lei non avrebbe avuto più scuse per stare con lui. Si morse il labbro: — Dimitri, tu hai i piedi palmati?

— Cosa? — L'aveva fatto ridere. Era una cosa buona?

— Tutti i veri veneziani hanno i piedi così e i polmoni marci. Ah, e vanno matti per i carciofi fritti.

Il ragazzo mollò un remo per scostarsi i capelli dagli occhi. — E chi ti ha raccontato queste panzane?

Lucilla tossì apposta per far notare che lei aveva già il suo bel catarro, il che faceva di lei una veneziana quasi vera e rispose: — Un amico.

Non era necessario spiegare che si trattava di

una specie di statua di pietra parlante. Era troppo complicato, e già sospettava di aver fatto la figura della babbea con la storia dei piedi palmati.

— I miei piedi sono normalissimi, come tutti quelli che conosco. Il tuo amico è un rimbambito.

Lucilla si strinse nelle spalle, felice che l'insulto se lo fosse preso la gargolla al posto suo. Poi sollevò il polsino del giubbotto per guardare l'orologio.

— A che ora mi riporti indietro? Mio padre non vuole che stia fuori fino a tardi — disse, ma se ne pentì subito perché così sembrava una bambina piccola, che ha degli orari e qualcuno che la controlla. Di sicuro Dimitri poteva stare fuori finché gli pareva. Chissà com'era suo padre.

Il ragazzo non rispose. Si limitò a guardarla inclinando la testa. Sapeva che non c'era proprio nessuno ad aspettarla? Lucilla tentò un'altra strada.

— La mia vicina di casa, Ruth Wehwalt, mi vuole molto bene. Si preoccupa tantissimo per me.

— Siamo arrivati — la interruppe lui tenendo gli occhi bassi.

La barca cozzò contro dei gradini di pietra, facendo sobbalzare Lucilla. Dimitri saltò giù dalla barca e annodò una grossa cima a un ormeggio. Poi la prese per mano e l'aiutò a scendere a terra. Lei fece finta di inciampare, fece finta di non accorgersi che, ormai, aveva tutti e due i piedi a terra prima di lasciare la stretta. Che era ruvida, che era bellissima. Alzò gli occhi, vide un alto muro ad archi e un cancello oltre il quale ardevano dei lumini. Vide delle croci bianche e delle lapidi, e statue di angeli inginocchiati. Erano arrivati a San Michele, il cimitero di Venezia.

Dimitri fece pochi metri, frugandosi in tasca alla ricerca di quello che si rivelò essere una chiave. Poi aprì il lucchetto. Il cancello mandò un gemito, mentre il ragazzo si infilava dentro con un saltello. Nel frattempo, Lucilla non si era mossa di un centimetro. C'era solo una cosa che poteva convincerla a entrare, in piena notte, dentro un cimitero e Dimitri la fece. Il ragazzo tornò sui suoi passi, corse da lei e le sorrise. Lucilla allungò la mano e chiuse gli occhi. Quando li riaprì, il cancello era alle sue spalle.

Arrivai alla Sacca della Misericordia con il fiatone, sperando di trovare *Astutilla* mano nella mano col suo tizio, magari intenti a sbaciucchiarsi sotto un lampione. Qualsiasi cosa pur di vederla. Invece trovai solo un ubriaco che cantava una nenia, evitato persino dai rari pascolatori di cani. Di lei niente, neanche l'ombra. Poteva essere ovunque, in qualsiasi guaio mi venisse in mente.

Atterrai su un comignolo, prendendo a calci i piccioni appollaiati sulla grondaia tanto per sfogarmi. Poi mi sedetti a zampe incrociate sopra il muretto del casino degli spiriti, un posto magnifico se si vuole stare in pace, perché gli unici che ci mettono piede sono i fantasmi da cui il nome. Dal tetto si gode un'ottima visuale. Per quanto mi sforzassi, però, non vedevo nemmeno un baluginare biondo, forse si era calata il cappuccio sui capelli. Aguzzai le orecchie, ripensando alle parole del poeta: "Se il mio udito potesse percepire tutti i rumori del mondo, io sentirei i suoi passi."

Fu allora che mi venne l'illuminazione. Se non sentivo il rumore dei suoi passi, pure con il cuore traboccante di sentimento e il mio formidabile udito all'opera, allora voleva dire che non camminava! E se non camminava, siccome senza il sottoscritto non poteva volare, allora andava per mare. Mi voltai verso l'orizzonte. Gondole, gondolini da regata, sandoli, vipere con la doppia prua, peate, bragozzi, tope, sampierote, caorline... Il braccio di mare che si stendeva dalle Fondamenta Nuove fino a San Michele e oltre pullulava di imbarcazioni. E la mia fanciulla doveva per forza essere sopra una di quelle. Bastava cercare.

Lucilla non vedeva nemmeno dove metteva i piedi, tanto era buio. Sentiva la ghiaia scricchiolare e, a tratti, intravedeva delle porzioni di lapidi rischiarate dai lumini. Sapeva che lì erano sepolte persone celebri: poeti, danzatori, musicisti. Lesse i nomi di Baron Corvo, Djaghilev, Stravinsky e molti altri che non aveva mai sentito prima, ma che la fissavano dalle foto in bianco e nero. Dimitri camminava spedito attraverso la nebbia che si era manifestata all'improvviso e pareva sorgere direttamente dal suolo sollevandosi in ampie spire, come il respiro di un drago.

Il cimitero di San Michele sembrava enorme, dato che il muro di cinta e il cancello erano spariti dopo pochi passi, e Lucilla non aveva più alcun punto di riferimento, a parte la mano della sua guida. A un certo punto le sembrò di vedere la gargolla accucciata sopra una lastra di marmo, ma era solo la statua di un angelo con le ali corrose dall'umidità. Fatta l'ennesima svolta, Lucilla si trovò davanti una cappella. Dalle finestre con i vetri colorati proveniva una luce tremolante, forse una candela.

— Siamo arrivati. Questa è casa mia — disse Dimitri, la prima frase che pronunciasse da quando erano scesi dalla barca.

Lucilla sospirò di sollievo. Per quanto assurda potesse essere la situazione, la parola *casa* aveva sempre il potere di rincuorarla.

— Avevi detto che stai con tuo padre — sussurrò a bassa voce, per non disturbare i morti.

— In un certo senso, è così — rispose lui. — È sepolto qui vicino.

Colpita a tradimento da quella rivelazione, Lucilla sollevò lo sguardo. All'ingresso della cappella, scolpito a caratteri aggraziati ed eleganti, c'era scritto un nome, ma lei non fece in tempo a leggerlo.

— Non voglio stare qui! Non ti basta svaligiare appartamenti? Adesso ti metti anche a profanare le tombe?

Nella foga, Lucilla urtò contro qualcosa di duro. Si guardò intorno. La cappella era arredata con un letto, un piccolo armadio e due comodini su cui erano accatastati dei libri. Vide un tappeto e persino uno specchio. E tutto le sembrò stranamente familiare.

— Ma... cosa... — balbettò Lucilla. Dimitri si era spostato in fondo alla cappella, dove, nell'ombra, si disegnavano i contorni di una poltrona. Lucilla indietreggiò verso la porta, allungò le mani e sentì qualcosa di ovale e freddo sotto le dita. Guardò meglio: erano foto in bianco e nero dentro ovali di ceramica bianca. Intorno a lei, a schiere, sfilavano volti di innumerevoli generazioni, sistemati nei colombari. Tutti con gli stessi occhi chiari e il naso aquilino. Il cuore cominciò a batterle più forte.

Fece un altro passo indietro, inciampò e cadde. Fu a quel punto che si accese un abat-jour. Lucilla strizzò gli occhi, abbagliata da quella luce improvvisa. Quando li riaprì, c'era qualcuno seduto in poltrona.

Il potere del talismano

Sorvolai tutte le stramaledette imbarcazioni veneziane senza trovare nemmeno un capello biondo. Nessuna poteva nascondere la mia fanciullina, nemmeno accoppata e avvolta in un tappeto, nemmeno fatta a pezzi e nascosta fra i vermi da pesca. Dov'era? La nebbia mi offriva un'ottima copertura, ma allo stesso tempo mi impediva di vedere molto più di una talpa. Ci voleva un indizio, una traccia da seguire.

Stavo quasi per tornare indietro e riprovare a pattugliare la città, quando vidi qualcosa baluginare in lontananza. Possibile che si fosse accesa una luce a San Michele, nel bel mezzo del cimitero? Quella storia non mi era nuova, ma l'avevo archiviata nella sezione *bufale veneziane.* L'ultima volta che ne avevo sentito parlare avevo orecchiato una conversazione fra un metronotte e una, diciamo, signora nottambula. Lui sosteneva che c'erano i fantasmi a San Michele. Lo sapeva perché un suo amico pescatore gli aveva raccontato che di notte si accendeva una luce in mezzo alle lapidi, e non era un fuoco fatuo.

Lei aveva risposto che invece c'era solo un povero orfano. Siccome non aveva altro posto dove stare, un benefattore gli permetteva di abitare nella sua cappella di famiglia. E poi dicono che gli ebrei sono avari. Lui lo ospitava gratis e corrompeva anche il custode perché chiudesse tutti e due gli occhi. Tutto tornava! Finalmente sapevo dove avevano portato la mia fanciulla. Peccato che fra lei e me ci fosse almeno un quarto d'ora di volo, con il vento contro e un nebbione da tagliare a fette.

— Dimitri, aiuta la nostra ospite a rialzarsi — disse Leo Wehwalt. — Ti sei forse dimenticato le buone maniere?

Dimitri si avvicinò con la mano tesa, ma Lucilla continuò ad arretrare, finché non si ritrovò contro il muro.

Il vecchio sospirò. — Pazienza, vorrà dire che ci sarà una tua statua seduta invece che in piedi. Peccato, pensavo che avresti avuto piacere di passare il resto dell'eternità in una posa elegante e aggraziata. Come tuo padre, per esempio.

Lucilla sbatté le palpebre, ma non si svegliò. Vide chiaramente il vecchio che infilava una mano nella tasca del soprabito, estraeva una scatola di metallo e diceva a Dimitri: — Chiudi la porta.

— Ruth... — balbettò Lucilla.

— Ruth? Eccola! — esclamò Leo puntandosi l'indice contro il petto.

Lucilla scosse la testa, troppo confusa per aprire bocca.

Leo sollevò la manica mostrando il numero tatuato sul braccio. Prese una biro blu dal taschino e con un solo tratto, corresse l'ultimo numero. Il tre era diventato otto. Alzò gli occhi su Lucilla, sorrise, si umettò il dito e pulì il tratto di penna.

— Ora c'è, ora non c'è — disse con la voce in falsetto, la voce di Ruth.

Lucilla singhiozzò, una sola volta.

— Mia sorella non è mai stata ad Auschwitz, semplicemente perché l'hanno ammazzata prima. Le hanno sparato per strada, come un cane. Non aveva nemmeno vent'anni.

Il vecchio fece per aprire la scatola, mentre gli occhi di Dimitri brillavano e Lucilla ritrovava la parola: — Ecco il più grande mago di tutti i tempi, quello che possiede la clavicola di re Salomone e non è stato nemmeno in grado di salvare sua sorella. O forse non hai mai nemmeno tentato. A cosa serve avere un talismano così potente, se non sai cosa farne? — disse. La voce le tremava per la rabbia, per la delusione. Ruth non esisteva. Aveva voluto bene a un fantasma.

Il sorriso del vecchio si spense. — Hai letto troppi brutti libri se pensi di guadagnare tempo provocandomi. Tu pensi di sapere che cos'è il dolore, ma sei solo ambiziosa e sciocca. Pensavi che bastasse un bel sorriso per conquistare un ragazzo, senza sapere niente di lui. Io ho fatto da padre e da madre a Dimitri, io gli dato un posto dove stare e quando sarò morto erediterà la mia casa e il mio fardello. È molto più di un figlio per me, è l'erede di tutto il mio sapere, la mia speranza. Io vivo solo aspettando il giorno in cui gli avrò insegnato tutto quello che so. E tu pensavi di indurlo a tradirmi? Per un ciondolo? Con una cioccolata e qualche moina?

Lucilla sentiva freddo in tutte le ossa.

— Cercavi la prova che avessi scritto io la lettera? Non ce n'è bisogno, hai la mia piena confessione. Ho pietrificato tuo padre e poi ti ho scritto sperando che stessi tranquilla per un po'. Ho sperato che la compagnia di un'amica potesse rassicurati e tenerti lontana da questo pericolo — continuò il vecchio abbassando le palpebre sugli occhi lucidi. — Sono stato un ingenuo. La verità è che non ho mai capito le ragazze.

— Voglio sapere di Ruth.

Dimitri scosse la testa, ma il vecchio sospirò. — Ruth era la custode della clavicola. Il rabbino aveva scelto lei. Avrebbe dovuto portarla a Gerusalemme, dove sarebbe stata più al sicuro. I nazisti erano alle porte, nessuno poteva nemmeno immaginare che cosa avrebbero potuto fare con la clavicola fra le mani. Ruth si iscrisse al movimento sionista; volevano una patria in Palestina. Era una copertura perfetta per riportare la clavicola in Terra Santa, dove qualcuno di fidato avrebbe riportato questo talismano miracoloso nei sotterranei del tempio, il luogo in cui Salomone convocava i jinn. Invece io mi impossessai della clavicola. L'avrei tenuta una notte soltanto, per studiarla. Ero convinto di poter essere più bravo di lei, più meritevole. Mi rifugiai qui, nella cappella di famiglia. Tentai e ritentai, riuscendo solo a trasformare in pietra qualche sorcio e qualche stupido pipistrello.

Quando tornai al ghetto, l'indomani mattina, la guardia fascista repubblichina e la questura avevano fatto una retata a Venezia, al Lido, nelle isole. Solo San Michele, il cimitero, era stato risparmiato. Mia sorella era stata ammazzata per strada. I miei genitori, insieme a tutti i miei amici e parenti, erano stati imprigionati nella sede del Collegio Foscarini in attesa di partire per la Risiera di San Sabba e poi Auschwitz. Nascosi la clavicola nella fontana della Madonna dell'Orto e mi misi in fila con la mia gente.

— Se Ruth avesse avuto la clavicola...

— Chissà, forse la nostra storia e la storia del mondo avrebbero preso un'altra piega, migliore, ma non credo. Ruth non ha mai voluto usarla. Sapeva che nessuno può farsi sempre obbedire da un oggetto così potente e che, comunque, anche i migliori commettono errori. Errori irreparabili. Mia sorella era molto intelligente, molto colta. Era una cabbalista, iniziata alla dottrina segreta dello Zohar e dello Jetzirah. Nonostante fosse una donna, la sua intelligenza e la sua sensibilità superavano di anni luce quelle di qualsiasi rabbino.

— Oh, quanto devi averla odiata...

Leo Wehwalt non alzò gli occhi. Dimitri, però, appoggiò una mano sulla spalla del vecchio dicendo solo: — Si sta facendo tardi.

Ma lui scosse la testa e disse: — Lo sai chi mi ha avvisato che tuo padre era sulle tracce della clavicola? Mia sorella. Mi è apparsa in sogno. Fino a quel momento avevo solo sospetti su tuo padre. Era già venuto a Venezia, e ogni volta diventava più sicuro e arrogante. Ruth non voleva che la trovasse. È lì che mi è venuta l'idea di trasformarmi nella mia sorella gemella. Non è stato difficile: ho solo dovuto immaginare di essere una persona migliore. Che cosa avrebbe detto lei? Come avrebbe consolato una ragazzina confusa e disperata?

Lucilla trattenne il fiato. Bastava che il vecchio si stancasse di fare conversazione e lei sarebbe diventata una muta pietra. Il pensiero andò alla gargolla, la sua ultima speranza. Forse era lì, da qualche parte.

— Ploc!

Dimitri e Leo si guardarono. Il ragazzo scosse la testa e sollevò le braccia in risposta allo sguardo perplesso del vecchio.

— PLOC! — urlò Lucilla. — SONO QUI!

Poi uno schianto, e una cascata di vetri colorati cadde sul pavimento. Una bestia di pietra era piombata nella cappella fracassando la vetrata. Atterrò sui cocci, incidendo il pavimento di marmo con gli artigli. Dimitri aveva sollevato un braccio per proteggersi dalle schegge e con l'altro cingeva le spalle del vecchio.

— La scatola, prendila! — gridò Lucilla, salendo sulla groppa della gargolla. Prima che Leo potesse reagire, la creatura era piombata su di lui e l'aveva spinto a terra. Sollevò la scatola in alto, stretta fra gli artigli. Lanciò un ululato di trionfo e spiccò il volo.

— Aspetta, voglio dargli una lezione. — Io e *Astutilla* eravamo appena decollati e quei due si erano precipitati fuori dalla cappella, sbracciandosi.

— Non mi sembra una buona idea. È già un miracolo che ti abbia trovata. Per fortuna ho letto il nome di Ruth Wehwalt sulla targa nel ghetto e ho capito che era morta da anni. Comunque adesso abbiamo la clavicola. Filiamocela e basta.

— Dammela! — strillò lei, strappandomi la scatola dalle grinfie.

— Non sai nemmeno come usarla — azzardai, ma quella mi puntò le ginocchia nei fianchi, come una cavallerizza.

— Mi stavano per pietrificare. Come mio padre.

Avrei dovuto disarcionarla e farla affogare nella laguna, invece feci dietro front e atterrai sopra una lapide. La ragazzina non aspettò nemmeno che ripiegassi le ali che già aveva aperto la scatola. Il vecchio e il ladruncolo stavano arrivando di corsa. Il ragazzo impugnava la fionda ed era patetico, mentre la rabbia della fanciulla era contagiosa. Non l'avevo mai vista così bella, con gli occhi fiammeggianti e la fronte corrugata. Chi era Salomè al suo confronto? Voleva vendetta? Che se la prendesse.

Gettò la scatola a terra e lo zaffiro mandò un lampo abbagliante. Per la prima volta, dopo secoli di ricerche, ero a un passo dal successo. Che invocasse pure un jinn per dare una sculacciata ai due infami. Poi, tutti a casa.

Leo si bloccò di scatto, non appena vide la clavicola nelle mani di Lucilla. Trattenne Dimitri per la manica della giacca e disse solo: — Torna alla barca.

Ma il ragazzo non si mosse.

— Cosa volevate farmi? Pietrificarmi? Inchiodarmi qui per l'eternità?

— È una soluzione temporanea. Leo sa come far tornare la gente normale. Ti avremmo solo tolto dai piedi per un po', il tempo di far perdere le nostre tracce — disse Dimitri.

— E mio padre?

— Non avevamo scelta! Voleva prendere la clavicola.

Lucilla strinse la mano attorno alla pietra. Era calda.

— Smettila, Dimitri. Non la convincerai. Scappa.

Il ragazzo si limitò a scuotere la testa, poi mosse un passo verso Lucilla. Lei sollevò lo zaffiro. I simboli incisi sulla superficie iniziarono a brillare. Lucilla non sapeva che cosa significassero, ma era sicura che non importasse.

Leo aveva gli occhi fuori dalle orbite, il viso pallido e sudato. — Ti prego, non farlo. Tu credi di sapere quello che vuoi da quella pietra, ma lei ti legge dentro. Lei ascolta il tuo più profondo desiderio. Quello che nemmeno tu sai di volere.

— Ah, davvero?

Iniziò così, con un tremore sotto le zampe. La terra ebbe una scossa, come di terremoto. Il vecchio lanciò intorno uno sguardo terrorizzato, poi si voltò verso il ragazzo e gli diede una spinta urlando: — Scappa!

Lui rimase un attimo interdetto, poi prese la mano del vecchio e cercò di trascinarlo con sé, ma quello si divincolò per buttarsi sulla clavicola. Fu a quel punto che la vidi. Una mano scheletrica sbucò dal terreno, ribaltando un moccolo. Poi successe tutto in fretta. Le tombe si scoperchiarono una dopo l'altra, i teschi uscirono dalla terra come funghi, ricoperti di muffa. La mia fanciulla aveva risvegliato i morti di San Michele e quelli iniziarono a far festa. Lucilla urlò, guardò la clavicola che brillava come un faro e la scagliò a terra. Un cadavere pelle e ossa fece per raccoglierla, ma il ragazzo fu più veloce. Prese lo zaffiro e si voltò verso il vecchio. Con un sorriso che andava da un orecchio all'altro, gli lanciò la pietra.

— Nooo! — urlò Leo, ma era troppo tardi. Una

mano bluastra, con poca carne attaccata alle dita, aveva artigliato la caviglia del ragazzo. Un attimo dopo, Dimitri non c'era più. Era sparito nella fossa. Per un attimo, si vide solo un ciuffo di capelli castani, simile a una zolla color bronzo. Poi, risucchiato dal basso, scomparve.

Il vecchio si precipitò sulla terra smossa, scavando a mani nude, piangendo, mentre intorno a lui si accalcavano i morti viventi. Vidi il corpo di una donna che non aveva più niente di umano puntare dritto la mia protetta, che non aveva mai smesso di urlare. Presi la mia decisione. Spalancai le ali, afferrai Lucilla con la zampa destra e il vecchio con la sinistra e spiccai il volo.

Salii più in alto che potei, così in fretta che mi fischiarono le orecchie. Tutto quello che riuscivo a pensare era come allontanarmi il più possibile da quella marea di zombie. Mi sembrava abbastanza per quella notte, ma non avevo fatto i conti con gli alchimisti di Venezia. Sopra la coltre di nebbia, infatti, vidi comparire tutte le creature magiche del vasto catalogo veneziano. Tutto quello che poteva volare, e fare male, stava dirigendosi verso San Michele, attirato dalle vibrazioni della clavicola. Nemmeno fossi stato un Golem sarei riuscito a difendere quei due disgraziati che mi penzolavano come fichi dalle mani. Ci avrebbero sbriciolato, semplicemente. Avrei potuto mollarli e dileguarmi, grazie, ci avevo pensato da solo, peccato che la sola idea di abbandonare la ragazzina nelle mani di un jinn mi faceva schiumare di rabbia, e di impotenza.

Mi decisi a dar battaglia. Se non altro, sarei passato alla storia come un eroico fesso di pietra. Spalancai le ali, cercando di sembrare più grosso e cattivo di quanto fossi in realtà. Spostai i miei due ospiti sotto il braccio sinistro e caricai un gancio destro, una difesa patetica contro uno stormo di raccapriccianti creature capaci di sgretolare un grattacielo con un soffio, ma che potevo fare?

Scappare. Lo capii subito, non appena vidi la sagoma della ragazza volare sopra la mia testa, e sorridermi. Fece un gesto con la mano, verso il largo, verso l'isola Murano. Poi il fantasma che avevo già conosciuto nella soffitta dell'alchimista, e che sospettavo si chiamasse Ruth Wehwalt, sfrecciò verso l'isola dei morti attirando gli scagnozzi dei maghi nel cimitero. Lì, nessuno di loro avrebbe resistito alla tentazione di una bella scazzottata con tutta quella carne tremula (gli zombie non piacciono a nessuno, forse per via del cattivo odore). Il fantasma di Ruth stava stornando l'attenzione da noi tre, dandoci la possibilità di volarcene via. In due parole: eravamo salvi.

Il tutto sarà durato un minuto, durante il quale Lucilla e il vecchio restarono lì come morti, senza accorgersi di nulla. Presi a sbattere le ali come un mulino a vento e mi catapultai a Murano, l'isola dei vetrai.

Invisibile sotto gli occhi di tutti

Gli abitanti di Murano, già da un pezzo nei propri letti, sentirono solo un fischio lacerante, poi un rumore di vetri infranti e un botto. I più anziani balzarono sui letti gridando.

Poi, dopo che i figli li ebbero rassicurati che no, non erano tornati i bombardieri tedeschi e che la guerra era finita da più di sessant'anni, tornarono a dormire. Probabilmente, rifletterono, era stata rotta una finestra. Niente che non si potesse risolvere l'indomani.

Il colosso di pietra scrollò le ali e si spolverò dalle spalle i frammenti della finestra che aveva sfondato. Depositò i due passeggeri, una ragazzina di tredici anni e un vecchio che ne dimostrava cento, sul pavimento. Poi si guardò intorno, soddisfatto. Aveva scelto il posto giusto, una fornace per cuocere il vetro molto in periferia e molto in disuso. Un ottimo rifugio. Poteva sistemare la clavicola nel forno, sperando che il rivestimento ne schermasse le vibrazioni. I maghi che nel frattempo avevano raggiunto i propri servi a San Michele avrebbero avuto il loro bel daffare a rimettere pezzi di zombie nelle fosse. La gargolla aveva tutta la notte a disposizione per trovare il modo di cavarsi dai guai.

Trovò il forno, spalancò lo sportello di metallo e picchiò con le nocche: sembrava abbastanza spesso. Cercò con lo sguardo il vecchio, trovandolo lì dove l'aveva lasciato, accasciato contro la parete, un sacco vuoto. Nella mano stringeva la clavicola. La gargolla sospirò, cominciava a sentirsi esausta.

— Forza, vecchio, dammi quell'affare. Dobbiamo nasconderlo prima che qualche essere alato di poca pazienza e molta forza te lo strappi di mano con tutto il braccio.

Leo Wewhalt non alzò nemmeno gli occhi da terra e porse il talismano. Sembrava un banale parallelepipedo blu, con degli strani simboli incisi su un lato. La gargolla se lo rigirò fra gli artigli per qualche istante, osservando Lucilla. La ragazzina aveva smesso di singhiozzare ma, a parte quel dettaglio, l'espressione non poteva dirsi migliorata. Sembrava sempre più morta che viva. Anzi, sembrava qualcuno che desiderasse con tutta l'anima essere morta.

— Cerca di svuotare la mente.

La voce di Leo fece sussultare il colosso. La clavicola gli brillò debolmente fra gli artigli, rischiarando la fornace.

— Prego?

— Non pensare a niente, se ci riesci. La clavicola è molto sensibile, cerca sempre di interpretare i desideri del padrone, cioè chi la maneggia in quel momento. Potrebbe succedere qualcosa che poi non saresti più in grado di fermare.

— Già, credo di capire cosa vuoi dire — rispose la gargolla ficcando il talismano dentro il forno, il più in fondo possibile. Poi richiuse il portello.

— Cosa pensi di farne? — chiese il vecchio. Alla gargolla sembrò di notare un luccichio in quelle iridi azzurre, qualcosa che scambiò per bramosia, ragion per cui digrignò i denti e sibilò: — Niente che ti riguardi. Ringrazia il tuo Dio per essere ancora vivo.

Leo Wehwalt sorrise e allargò le braccia. Il numero tatuato sull'avambraccio fece capolino dal polsino della camicia. Non gli importava un bel niente, pensò la gargolla. Non gli importava un bel niente di vivere o morire. Quindi perché quella domanda?

— Perché ti interessa, comunque?

Il vecchio guardò in direzione di Lucilla, poi rispose con un filo di voce: — Devi proteggere il mondo da quella ragazzina. Devi impedire che uccida altri innocenti! È persino peggio di suo padre, perché...

— Perché è infinitamente più intelligente? Più dotata?

Leo annuì, con gli occhi lucidi. — Nelle sue mani quel talismano non ha limiti, non ne ha. Tu devi fare qualcosa, qualsiasi cosa.

La statua di granito emise un sonoro sospiro e si avvicinò di qualche passo. Dopo un attimo di indecisione, andò a sedersi accanto al vecchio.

— Siamo messi male, allora. Se sua madre fosse ancora in salute, forse... ma finché resterà attaccata a un respiratore non abbiamo speranze: quella ragazzina è in balia di se stessa. Non dà retta a suo padre, figurati a me.

Leo restò un minuto a fissare Lucilla. Si era voltata con la faccia verso il muro e tormentava la donna di picche con le dita tremanti.

— Forse adesso lo farà, forse ha imparato una lezione — disse il vecchio. Poi strinse i denti. Cercò con lo sguardo gli occhi della gargolla e sussurrò: — Adesso, se non ti dispiace, fai quello che devi.

— Non ti seguo.

Con un sorriso sinistro, il vecchio fece scorrere il pollice sulla gola. Tagliamela, voleva dire.

La gargolla lo fissò interdetta per un secondo prima di sbottare: — Scherzi, vero? Sei stato tu a combinare questo macello e adesso ce ne tiri fuori. Signor Moneta compreso. Ho sentito, sai, che puoi farlo tornare come prima. Quindi, per cominciare, farai quello. Al resto penseremo poi.

Leo scosse la testa. — Io non voglio più vivere. Non dopo stasera, non senza Dimitri.

— Be', peggio per te.

Il vecchio reagì, con grande sollievo della gargolla che non riteneva possibile che qualcosa di vitale albergasse ancora in quelle quattro ossa. Sollevò il pugno rugoso e colpì la gargolla sul muso. Le nocche produssero un curioso rumore che divertì moltissimo il mastino di pietra, mentre Leo lanciava un urlo soffocato.

— Contento? Puro granito, e della migliore qualità. Sei incastrato, ammettilo.

Come tutta risposta, Leo guardò Lucilla, il che provocò solo una risatina da parte della gargolla. — Non metterti strane idee in testa, vecchio. Prova a strapparle un capello e io ti spezzo tutte le ossa, una alla volta. Posso farlo lasciandoti vivo, è una promessa.

Leo abbassò le spalle, ma non lo sguardo. Buon segno, pensò la gargolla.

— Cosa vuoi che faccia?

— Occupati di lei. Insegnale tutto quello che sai e comportati come avrebbe fatto tua sorella. Mi è bastato vedere il suo nome sulla targa del ghetto per mettere insieme tutti i pezzi del rompicapo. Siccome sono un tipo sveglio, ho capito anche che lei era migliore di te. Come persona, e forse anche come alchimista. Sforzati di assomigliarle, non solo esteriormente.

— E suo padre?

— Anche Giulio Moneta avrà imparato la lezione. Se non smetterà di comportarsi come un cretino, sua figlia alla prima occasione lo trasformerà in un portacenere. Questo dovrebbe costituire un deterrente.

— Resta il problema della clavicola.

— Non potresti rimetterla dove è stata per tutto questo tempo? In fondo nessuno l'aveva trovata.

— Il rio della Madonna dell'Orto? Certo, ma Moneta ci è arrivato vicinissimo, potrebbe succedere ancora.

— Nessun altro, però, avrebbe me come assistente — rispose la gargolla.

— Vuoi uscire dal giro?

— Sì. Allora, siamo d'accordo?

— Ho forse scelta?

— No.

— Allora siamo d'accordo.

Nessuno dei due parlò per un pezzo. Poi Leo disse: — Sei un cane?

— Sono un leone di San Marco. Lo ero, poi uno scalpellino al soldo dei francesi ha pensato che fossi più carino così.

— Capisco. Davvero notevole. Credo che potresti essere stato ispirato da un *Dogue de Bordeaux*, una specie di molosso. Chi è stato? A darti vita, intendo.

— E che ne so? È crepato prima che potessi dire: "Crepa". Quello che mi aspettavo capitasse anche a te.

Leo soffiò il fiato dai denti, una via di mezzo fra uno sbuffo e una risata: — Quando mia sorella era viva, ho visto evocare angeli con le ali grosse come camion. Sai che mi fa, una statua pensante.

In quel momento, una falce di luna si affacciò

dalla finestra rotta, illuminando i frammenti di vetro colorato sparpagliati al suolo. Erano pezzi di gatti, pesci, giraffe, resti dell'attività dei vetrai che lavoravano lì. Una testa di cavallo mandò un lampo azzurro. Il vecchio la raccolse e sospirò: — E pensare che la clavicola non è un vero zaffiro, ma solo un banale pezzo di vetro. È quello che ci è inciso sopra che conta.

— Mi è venuta un'idea! — esclamò la gargolla.

— Quale?

— Potremmo fondere la clavicola e trasformarla in qualcosa di meno appariscente. Che ne so, un cavallino.

Leo lo fissò perplesso. — E a che scopo? Potremmo fondere il vetro ma non cancellare le scritte. Sono eterne, le ha incise l'angelo Raziel in persona.

La gargolla alzò gli occhi al cielo: — Chi cercherebbe il talismano di re Salomone in un animaletto di Murano? A quel punto potresti tenertelo sul comò, sotto gli occhi di tutti. Nel ghetto dove abiti ci sono così tanti manufatti magici da confondere le idee in fatto di vibrazioni anche a un jinn esperto: la clavicola diventerebbe praticamente invisibile.

— Tu sai soffiare il vetro? — chiese Leo.

— Io sono il miglior assistente che un dannato alchimista possa sognare. Posso tirare fuori un matraccio da un fondo di bottiglia, anche bendato.

— Allora è una buona idea.

Aiutandosi con le mani, Leo si alzò da terra.

Sembrava l'uomo più stanco, anziano e disperato di tutta la storia dell'umanità, però si sollevò sulle gambe e si avvicinò in punta di piedi a Lucilla.

— Si è addormentata — mormorò.

— Meglio così.

Il vecchio si levò il soprabito e lo sistemò sopra la ragazzina. Con due dita, delicatamente, le scostò una ciocca di capelli dalla bocca. Poi cercò di toglierle la donna di picche dalle dita, ma lei, anche nel sonno, la stringeva con tutte le sue forze.

— Credo che sia innamorata del ragazzo — sussurrò la gargolla.

Il vecchio mollò la presa, infilò il braccio di lei sotto il soprabito e si voltò verso la gargolla dicendo: — Non è ironico? La ragazza che ha ucciso Dimitri prenderà il suo posto.

— Non è ironico che un leone della Serenissima si ritrovi con questo aspetto ributtante e decida che vada bene così proprio quando potrebbe tornare com'era?

— Ah, dunque è questa la ragione — disse Leo, rimboccandosi le maniche. Recuperò l'asta cava che serve per soffiare il vetro e aiutò ad accendere il forno, mentre la gargolla iniziava a raccontare la sua storia.

L'ultimo volo

La ragazzina era seduta a terra, la schiena appoggiata a un muretto. Aveva l'aspetto di un gatto randagio accucciato nell'ombra, a notte fonda. I capelli sporchi le pendevano sulle guance in due bande appiccicose. Stava immobile da ore e non si mosse nemmeno quando un enorme molosso di pietra sbucò dalla nebbia per posarsi accanto a lei, di fronte al rio della Madonna dell'Orto.

— Come sta tuo padre? — disse la gargolla.

— Dorme.

— Si riprenderà.

La ragazzina annuì.

— Bisogna ammettere che la pietrificazione è stata una buona cura. Da quando Leo l'ha fatto tornare di ciccia si è addolcito. Pare persino più umano. L'importante è che non sospetti mai che la clavicola di re Salomone si trova cinque piani sotto i suoi piedi. È stata un'idea grandiosa darle un'altra forma, vero? Tutti cercano una pietra preziosa, non un cavalluccio di vetro. E funziona, altrimenti tuo padre sarebbe ancora una statua. Le scritte si intravedono appena. Bisogna osservarla a lungo e da vicino, però, altrimenti sembra solo un souvenir pacchiano.

La ragazzina restò zitta.

— Ho saputo che i maghi di Venezia hanno dovuto trafficare tutta la notte, tutti insieme, per sistemare la faccenda di San Michele. Chissà che non abbiano imparato la lezione. Adesso ci penseranno due volte prima di...

Lucilla si alzò di scatto, fece per allontanarsi, ma la gargolla le afferrò il braccio e la attirò a sé sibilando: — Pensi di restare così per sempre? Dovevo lasciarti trasformare in statua. E non azzardarti a frignare!

— Me ne vado. Sono stanca.

— Tutti lo siamo. Il vecchio, io, tutti quanti. Abbiamo fatto un errore pensando di poter usare quella roba. Non siamo stati i primi, ma se Dio vuole saremo gli ultimi. Non è possibile maneggiare la clavicola, punto e fine.

Lucilla guardò la bestia per un istante, prima di parlare. — Cosa vuoi dire, che il vecchio non ti trasformerà in leone? È stato tutto inutile?

La gargolla si strinse nelle spalle. — Perché, così non sono abbastanza bello per te?

Lucilla sorrise, anche se non aveva intenzione di farlo.

— Non voglio trovarmi mai più vicino a quella

roba, mai più. Adesso mi piaccio così. Non è che ci siano solo svantaggi; è un po' che ci penso. Ne ho abbastanza. Il vecchio ha perso sua sorella per colpa di quell'affare. Non se ne sono andati via da Venezia quando ancora potevano per custodire quella stramaledetta clavicola e impedire che cadesse in mano ai nazisti. E lei è morta, come tutti i suoi parenti. Leo ha trascinato i suoi genitori nell'inferno di Auschwitz. Solo lui è tornato indietro. Perché è sopravvissuto? Per impedire che quella roba potesse essere usata. Da persone come tuo padre e...

— Conosco la storia — sibilò Lucilla, lo sguardo improvvisamente duro.

— Però non l'hai capita, mi sembra. Anche il vecchio voleva fare del bene, e usare la clavicola per evitare che tutti quegli ebrei finissero nei forni crematori, ma non c'è riuscito. Risultato? Hanno ammazzato sua sorella per strada, come un cane rognoso, e lui non ha potuto farci niente perché non sapeva usare quella roba. E forse, visto cosa ci si può fare, non aveva torto a non tentare esperimenti. Tutto quello che è riuscito a ottenere, dopo sessant'anni di studi, è stato trasformare quello scemo di tuo padre in statua. Tu, invece...

Lucilla cercò ancora di divincolarsi, ma senza risultato.

— Per quanto tempo vuoi scappare? Sei stata tu a uccidere quel ragazzo. Sì, è vero. Sei stata tu, ma non volevi farlo.

— Ah, sul serio? Quante cose sai di me, chi te le ha dette? Leo? Ti ha anche detto perché si è spacciato per sua sorella, perché mi ha tenuto qui invece di farmi andare da mia nonna? Se mi avesse portato alla polizia, Dimitri sarebbe ancora vivo! Ti ha detto perché?

— Sì. Me l'ha detto — rispose la gargolla. E, nel rispondere, lasciò il braccio di Lucilla. — Non te ne vai? Buon segno. Sì, ha pensato che ti saresti fidata di un'anziana, simpatica signora più che di un vecchiaccio scorbutico. E aveva ragione. E ti ha tenuto qui perché non disperava di far tornare tuo padre come prima. Bastava trovare un altro nascondiglio e poi sparire. Lui, il ragazzo e la clavicola. Però non poteva farlo senza scoprire che cosa sapessi tu, se sospettassi qualcosa, se ti saresti messa alle sue costole. Purtroppo, grazie a me, tu sapevi un sacco di cose e tutte portavano a lui. E al ragazzo. E se doveva sacrificare te per proteggere lui, allora l'avrebbe fatto. O almeno, ci avrebbe provato.

— Sembra quasi che ti stia simpatico — ringhiò Lucilla.

La gargolla sorrise.

— Diciamo che oggi capisco il vecchio più di ieri. Diciamo che al suo posto avrei fatto lo stesso. E capisco anche quello che intendeva quando al cimitero ti ha detto che la clavicola legge i desideri più profondi.

Lucilla lo guardò senza ribattere. Una parte del

suo cervello si stava lentamente scongelando. Era piacevole. Come sentirsi di neve e augurarsi che la primavera arrivi in fretta e ti finisca.

— Tu non volevi fare del male al ragazzo e nemmeno a Leo. Nel profondo del tuo cuore, nonostante tutto, pensavi a tua madre. Volevi che vivesse, pur sapendo che è come morta. La clavicola l'ha capito e ha cercato di esaudire il tuo desiderio. Non è che colga tutte le sfumature, però. È piuttosto idiota e qui torniamo al punto di partenza: spesso gli umani si ritrovano fra le mani un potere più grande di loro. E cominciano i guai.

Qualcosa dentro al petto di Lucilla si sgonfiò, di colpo. Espirò e poi si accasciò contro il petto della creatura.

— Cribbio! Non dirmi che non ci avevi pensato? Sei proprio ottusa! Più stupida che bella, e guarda che sei la ragazzina più bella che abbia mai visto in secoli e secoli. Su, non piangere adesso, che le lacrime corrodono peggio dello smog.

Invece Lucilla pianse, pianse fino a quando la prima stella sorse sopra i tetti di Venezia.

— Senti, io adesso devo andare.

Lucilla sollevò la testa di scatto. — Dove vai?

— Penso di viaggiare per un po'. Basta maghi, libri avvelenati, sotterranei. Voglio volare fino a consumarmi le ali, vedere il mondo. E poi tu adesso avrai un sacco di cose da fare. Tenere tuo padre lontano dai guai, prendere il posto di Dimitri, studiare i testi segreti con il vecchio. Ognuno dovrà portare il proprio peso, anch'io, cosa credi? Sono responsabile della fine di quel ragazzo quanto te e lui. Tu cosa farai? Userai la clavicola per tentare di guarire tua mamma?

Lucilla avrebbe voluto rispondere di no, che non ci pensava nemmeno, che anche lei ne aveva abbastanza. Invece disse: — Posso aspettare ancora un po'.

— Certo — assentì la gargolla. — Magari si risveglia da sola.

— Già. Senti, mi faresti un favore?

— Spara.

— Ti va di conoscerla?

La gargolla le strizzò l'occhio. Poi allungò la zampa e si caricò Lucilla sulla groppa. — Mi chiedevo quando ti saresti decisa a domandarmelo. Monta, che fra poco è notte.

Quello che fece la figlia dell'alchimista brucia ancora sulla mia fronte. E anche se restassi su questa terra per altri milioni di anni, non dimenticherei mai quell'ultimo volo con la fanciulla. Sfrecciammo sopra le campagne e le città; lei avvinghiata al mio collo, io con le dita strette alle sue caviglie. Ero ebbro di velocità, d'altitudine e d'euforia. Avremmo potuto volare così per sempre, ma avevamo entrambi deciso di prendere altre strade.

Io non potevo dimenticare che lei sarebbe invecchiata e morta nel tempo in cui a me, al massimo, si sarebbero smussati gli artigli. E non volevo immaginarla come i tizi sbucati dalle bare a San Michele con i bulbi oculari penzoloni dalle orbite e la ciccia sbrindellata. Preferivo anche non pensare che, se l'avessi lasciata pietrificare, saremmo restati insieme per l'eternità, perfetti e immutabili. Ma se c'era una cosa che tutti e due avevamo imparato dalla clavicola, era che cercare di mettersi di traverso al destino può portare molto male.

Così restammo accoccolati per un bel pezzo sul cornicione dell'ospedale dove sua madre dormiva come morta, abbracciati. Poi la riportai indietro, volando incontro al sole che sorgeva. La scaricai nel suo appartamento e feci per andarmene, quando lei mi prese per il braccio e mi fece avvicinare. Sollevò il pollice e tracciò dei segni sulla mia fronte, silenziosa e concentrata.

— Ecco fatto — disse alla fine.

— Fatto cosa?

— Il segno magico. La mamma me lo faceva sempre quando avevo paura o mi sentivo triste. Funziona.

Se la tenerezza potesse uccidere, adesso non sarei qui a raccontare. La salutai, ma non andai lontano. Planai sul tetto di fronte e la vidi portare un bicchiere d'acqua a suo padre, il quale faticava a riprendersi dalla pietrificazione. Credo che non faccia bene alle articolazioni, e me ne rallegrai. La vidi sedersi accanto a lui e appoggiare la testa sul suo petto. Vidi che Giulio Moneta le accarezzava i capelli e sorrisi.

Poi vidi al pianterreno il vecchio Leo scegliere i libri sui quali avrebbe studiato la mia fanciulla. Sarebbe diventata grande come Ruth Wehwalt, forse di più. Vidi il cavallino di vetro blu, il più potente talismano della storia della magia, poggiato sulla caminiera con l'aria più innocente del mondo. Poi vidi il fantasma di Ruth accarezzare con la mano evanescente le spalle curve del vecchio e vidi che lui non se ne accorgeva. Avrebbe continuato a pensare che lei fosse morta odiandolo.

Spalancai le ali e presi il volo, sperando con tutto me stesso di non sentire mai più parlare della clavicola di re Salomone.

Ringraziamenti

Questo libro
e la sua autrice devono molto
a Fiammetta Giorgi,
che ha capito tutto subito;
a Silvia Sacco Stevanella e Alessandro Gelso;
a Francesca Archinto e Serena Daniele;
e a Donatella Ziliotto,
senza la quale non saremmo
nemmeno qui a parlarne.

Indice

Carl Hiaasen

Hoot

Ursula K. Le Guin

Il Mago

Le tombe di Atuan

Il signore dei draghi

David Levithan
Rachael Cohn

Tutto accadde in una notte

Sergej Luk'janenko

I guardiani della notte

I guardiani del giorno

George R. R. Martin

Il drago di ghiaccio

Katherine Paterson

Un Ponte per Terabithia

Michelle Paver

La magia del lupo

Bianca Pitzorno

Ascolta il mio cuore

La bambinaia francese

Terry Pratchett

Il prodigioso Maurice e i suoi geniali roditori

L'intrepida Tiffany e i Piccoli Uomini Liberi

Matthew Skelton

Il libro del drago

Jerry Spinelli

Stargirl

La schiappa

Licia Troisi

Cronache del Mondo Emerso - I
Nihal della Terra del Vento

Cronache del Mondo Emerso - II
La missione di Sennar

Cronache del Mondo Emerso - III
Il talismano del potere

Le guerre del Mondo Emerso - I
La setta degli assassini

Le guerre del Mondo Emerso - II
Le due guerriere

Le guerre del Mondo Emerso - III
Un nuovo regno